KB040929

스마일, 스미레!

스마일, 스미레!

모리사와 아키오 지음 • 이수미 옮김

샘터

차례

제1장

워커홀릭 좀비

처음에는 차갑다고 느꼈다.

내 몸이 암흑 속에서 의지할 데 없이 둥실둥실 떠 있는 것만 같았다. 확실히 느껴지는 것은 왼쪽 볼의 감각뿐. 얼얼하게 차가운 데다 아프기까지 했다.

닫았던 눈꺼풀을 1밀리만 열었다. 재색 빛이 망막을 천천히 감싸면서 밀려들어 온다.

귀찮다.

다시 눈을 감고 암흑의 세계로 쓰윽 돌아가려 한다.

멀리서 들리는 웅성거림…….

무슨 소리일까?

또각또각 또각또각 또각또각.

이건 알겠다. 하이힐 소리다. 빠른 속도로 다가왔다가 다시 멀어진다.

빠빵 하는 짧은 경적 소리가 두 차례.

웅성거림은…… 거리의 소음?

조금 추웠다.

배 속의 내장이 마치 차가운 두부처럼 눌어붙었다.

아아, 정말로 몸속까지 얼어붙었다.

"저, 여보세요, 괜찮으세요?"

머리 옆에서 목소리가 들렸다. 젊은 남자 목소리다.

그 목소리가 손가락 끝으로 내 어깨를 조심스럽게 톡톡 두드렸다.

이번에는 눈꺼풀을 3밀리쯤 들어올렸다.

재색 빛.

눈이 서서히 적응한다. 그와 함께 무언가에 초점이 맞춰지면서 망막에 상이 맺힌다.

내 눈앞에 있는 것은…… 검정색 구두다.

그 구두 주위는…… 아스팔트?

'어?' 하고 놀란 소리를 내려고 했는데, 실제로 내 목에서 새어 나온 건, 마치 정신을 잃었던 사람이 눈을 뜨면서 내는 것 같은 '으으……' 하는 신음이었다.

응?

정신을 잃었던 사람이 눈을 뜨면서 내는 것 '같은'?

아니, 아니야…….

'같은'이 아닌데?

나는 지금 내가 처한 상황을 신속하게 이해했다. 의식의 반은 패닉 상태에 돌입했지만, 나머지 반은 현실을 받아들이기 시작했다.

그렇다.

나는 정신을 잃었던 거다.

퍼뜩 놀라 눈을 떴다. 아스팔트가 불과 몇 센티 앞에 보였다.

찌부러진 개구리 같은 꼴로 쓰러져 있는 나. 왼쪽 볼이 한겨울의 얼어붙은 땅에 철썩 달라붙어 있었다.

어쩐지 차갑더라니.

당황하여 일어나려 했지만 몸이 마치 내 것이 아닌 것처럼 움직일 수조차 없었다. 온몸의 모세혈관 구석구석에 점토가 쌓여 있는 듯한 느낌이었다.

"저, 저기요. 괘, 괜찮으세요?"

조금 전과 같은 목소리.

"아, 네……. 괜, 찮아, 요."

이번에는 가까스로 말이 되어 나왔다.

있는 힘을 다해 상반신을 일으켰다. 겨우 옆으로 앉긴 했지만 아직 의식의 반에는 안개가 끼어 있었다. 빈혈이 왔는지 머리가 어질어질하고 조금 메스껍다.

으음, 여기가 어디더라?

아마…….

"괜찮으, 세요?"

조용히 좀 해봐요.

으음, 여기는…….

"얼굴에서 피가, 나는데요."

'정말 시끄럽네'라고 생각한 찰나, 기억의 단편이 찰칵찰칵찰칵 소리를 내며 연결되었다.

"우앗!"

료! 데이트! 여기는 긴자!

크, 크, 큰일이닷!

"저기, 괜찮으시다면…… 이거."

조심스러운 동작으로 손수건을 건네려 하는 남자를 양손으로 제지하며 빠르게 말했다.

"아, 정말로, 이제 괜찮아요. 저기, 가, 감사합니다."

정신을 차리고 보니 내 주위에 꽤 많은 사람이 모여 있었다. 수치심이 왈칵 치밀어 올라 얼굴이 화끈 달아올랐다.

비틀거리면서도 하반신에 최대한 힘을 주고 가까스로 일어섰다. 맞은편에 마쓰야 백화점이 보였다. 고개를 푹 숙이고 구경꾼 사이를 헤치며 걸었다. 무릎에 힘이 들어가지 않아 앞으로 꼬꾸라질 듯한 묘한 걸음걸이라는 건 나도 알 수 있었다.

손목시계를 보았다.

약속 시각인 오후 4시에서 15분이나 지났다.

료는 만나기로 한 시각보다 늘 일찍 오는 편이니 벌써 도착했을 게 분명하다. 인파 속에서 등을 쭉 펴고 서서 책을 읽는 모습이 눈에 보이는 듯했다.

아아, 정말 큰일이네. 서둘러야겠다.

일단 마쓰야 백화점 입구로 들어가서 화장품 매장을 지나 에스컬레이터를 타고 위층으로 올라갔다. 벌써부터 숨이 가빴다. 여자 화장실을 향해 일직선으로 걸어가서 세면대 거울 앞에 선 순간…….

눈을 의심했다.

정면에서 어깨를 들썩이며 헉헉 숨을 내쉬고 있는 여자의 얼굴은 거의 흙빛에 가까웠다. 어깨까지 내려오는 밤색 머리카락도 왼쪽은 엉망진창이고, 왼쪽 광대뼈 부위는 까져서 피가 엉겨 붙어 있다.

"조, 좀비가 따로 없네, 이거야 원……."

32세의 싱글녀.

화장기 없는 얼굴(게다가 피투성이).

심각한 수면 부족에, 누가 봐도 마약 중독자라고 확신할 만큼 진한 다크서클. 더러워진 유니클로 점퍼와 오래 입어 낡은 청바지와 밑창이 닳아빠진 운동화. 어깨에는 큼지막한 숄더백(짐이 가득 들어 빵빵하다). 화장품이라곤 립글로스뿐.

"아아, 과연 이 세상에 신이 있기는 한 걸까!"

이렇게 소리라도 지르고 싶은 최악의 상황에, 나는 지금부터 몇 분 후부터 애인과 데이트를 하게 될 것이다. 게다가 지각은 이미 따놓은 당상이다. 지금 현재 츄오 구내에서 가장 난감한 사람을 뽑는다면 틀림없이 내가 1위에 오를 자신이 있다.

세면대에 양손을 짚고 얼굴을 거울 가까이 댔다.

"하아……."

정말 한심한 한숨이 흘러나왔다.

이렇게 못난 여자랑 데이트를 해야 하다니 료도 싫겠다…….

솔직히 울고 싶어졌지만, 이 얼굴로 울기까지 하면 더 섬뜩할 것 같아서 눈물은 참기로 했다. 서른 넘은 여자의 눈물은 어느 정도 조절이 가능하다.

일단 세수를 해서 왼쪽 볼에 묻은 얼룩을 지웠다. 까맣게 앉은 딱지는 어쩔 수 없다. 파운데이션이 없으니 감추지도 못한다.

료와의 데이트.

두 달 만이다.

지난 2개월간 수첩에 써넣은 그와의 데이트 스케줄은 총 다섯 건이었지만, 모두 이루어지지 못했다. 내가 데이트보다 일을 우선시한 탓이다. 그래서 적어도 오늘만큼은 입술에 립글로스라도 예쁘게 바르고 료를 위해 '여자'가 되기로 마음먹었다.

그런데 결국…… 좀비란 말인가.

"하아……."

다시 한숨을 내쉬면서도 숄더백 깊숙한 곳에서 립글로스를 찾아냈다. 유리병에 끼워진 금속 재질의 뚜껑을 연다. 이날을 위해 특별히 구입한 신상품이다.

그때 주머니에 든 휴대전화에서 소리가 났다. 메시지 수신음이다.

료!

황급히 전화기를 끄집어냈다. 의외로 문장이 길다. 대충 훑어보다가 거울 앞에서 오늘 두 번째로 쓰러질 뻔했다.

뭐, 뭐야, 이거.

폭풍의 바다에 빛

아아, 날아오르는 갈매기의 노래여

울고 있는가

웃고 있는가

선택은 너에게 달려 있다

행복하니까 웃는 게 아니라, 웃으니까 행복이 찾아온다

그리고 인생은

누구에게나 미완성인 채로 끝나지

아아, 파도가 흔들흔들

윽, '파도가 흔들흔들'이라니…….

누가 보낸 메시지인지는 발신자를 안 봐도 뻔하다.

시즈오카静岡에서 전통 깊은 간장 공장을 경영하는 고집쟁이 노인네, 사쿠라 데쓰하루.

슬프게도, 우리 아버지다. 말 없고 표정 없고 센스 없고 배려 없는(나는 이를 '4무'라고 부른다) 아버지.

내가 중학생이 된 해부터 서서히 대화가 어색해졌고 대학생이 되어 상경한 후로는 관계가 급격히 소원해지고 말았다. 그런 아버지가 최근에 휴대전화로 메시지 보내는 법을 배워서 이런 뜻 모를 시(같은 것)를 가끔 보내곤 한다.

그 점잖은 얼굴에 서툰 손놀림으로 이런 시시한 메시지나 입력하고 있는 아빠의 모습이 떠오를 때마다 절로 한숨이 나온다.

'아아, 정말, 딸이 지금 위기에 처했는데 이런 바보 같은 메시지를 보내다니.'

그렇게 생각하며 전화기를 넣으려다가……, 생각을 바꿨다. 뭔가가 마음에 걸린 것이다.

다시 한 번 그 바보 같은 메시지에 눈길을 주었다.

응?

웃으니까 행복이 찾아온다

웃으니까……?

그 한 문장에 시선이 멈췄다.

그렇구나…….

거울 속의 좀비를 본다.

'응, 그렇군. 가끔은 괜찮은 말도 하시는데?'

나는 '아버지, 고마워요♪'라고 답장을 보낸 후에 심호흡을 한 번 했다. 메시지 끝에 '♪'를 붙인 건 얼굴에서 피가 난 기념, 말하자면 출혈 서비스다.

립글로스를 손에 쥐고 얼굴을 거울 가까이 댔다. 산뜻한 핑크빛으로 입술을 촉촉하게 적신다.

그러고 나서 거울을 향해 스마일!

종종 '귀여운 햄스터 같다'거나 '동안이다'라거나, 가끔은 대놓고 '귀엽다'라고 칭찬받는 나의 스마일. '힘들 때일수록 더 밝게 웃어'라는 엄마의 조언으로 어릴 때부터 단련되어온 내 인생 최강의 무기.

그래.

웃자. 더 크게 웃자.

입술 끝을 최대한 올리고.

응, 느낌 좋은데?

일이 바빠서 이틀 밤을 제대로 못 잔 좀비치고는 제법 훌륭하다. 나는 스마일을 입술에 그대로 남기고 립글로스를 넣었다.

아, 그렇지.

내 이름은 사쿠라 스미레.

벚꽃과 제비꽃에서 따온(일본어로 사쿠라는 벚꽃, 스미레는 제비꽃이라는 뜻—옮긴이) 웃기는 이름이 아니라, 영어의 '스마일Smile'을 철자 그대로 읽어서 '스미레'라고 지었다고 한다.

시즈오카 현 시골 마을에서 전통을 지키며 간장을 담그는 간장 공장의 외동딸인 나. 예전부터 엄마에게 '소심한 어리광쟁이'라는 말을 들으며 자랐지만, 올해부터는 다르다. 료가 '약간 빈약?'하다고 놀렸던 이 가슴 안에 최고로 멋진 미래에 대한 야망을 품기 시작했다.

감출 게 뭐람?

나는 잠들지 않는 대도시 도쿄의 레코드 회사 '(주)스마일뮤직'을 이끄는 '보스'이자 '우두머리'이자 'CEO'이자 '대표이사'인 여사장이다.

뭐, 직원은 0명이지만.

♪

마쓰야 백화점 밖으로 나와서 츄오 거리를 4번가 교차로 쪽으로 걸었다. 화장실에서 조금 쉰 덕분인지 길 위에서 숙면을 취한 덕분인지, 길바닥에서 정신을 되찾은 순간과 비교하면 몸이 어느 정도 가뿐해졌다.

한겨울 오후 4시가 지난 시각.

이미 저물기 시작한 하늘은 끈적끈적하고 묵직한 회색으로 뒤덮여 있었다. 기다란 막대기로 구름을 쿡 찌르면 눈이 펄펄 떨어질 것만 같았다.

평일 오후의 미쓰코시 백화점 앞은 누군가를 기다리는 사람들로 복잡했다. 그 사람들 속에 료가 있다. 해외 출장이 잦은 중견 무역회사 직원인 료는 늘 바쁘게 뛰어다니지만, 오늘만큼은 내 스케줄에 맞춰 오후 일정을 비워주었다.

첫 만남은 2년 전.

회사 선배가 기획한 라이브 공연 후 뒤풀이에 초대받았는데, 그때 옆자리에 앉은 사람이 료였다. 내 연락처를 물으면서 쑥스러워하던 료의 얼굴은 지금도 잊을 수가 없다.

료는 감색 정장 위에 처음 보는 얇은 검정색 코트를 걸치고 있었다. 문고본을 양손으로 펼친 채 차분한 표정으로 이야기 세계에 푹 빠져 있다.

책 속 활자를 좇는 료의 옆얼굴이 좋다.

평온하고, 뭔가 소중한 것을 바라보는 듯한 눈빛.

저런 눈으로 나를 보는 순간이 있을지도 모른다고 생각하면, 왠지 그것만으로 행복해진다.

료는 인파 속에서도 쉽게 찾을 수 있다. 키는 보통이고 얼굴도 딱히 미남은 아니지만, 료는 왜 그런지 눈에 띈다. 서 있는 모습이 산뜻하여 주변 공기가 맑고 상쾌하게 느껴진다.

나는 늘 그랬듯, 책을 읽는 그의 눈앞에 쓱 나타났다.

료가 책에서 시선을 떼고 천천히 고개를 든다.

"응?"

"미안, 또 지각했어."

입을 열자마자 사과부터 한 후, 조금 전 거울 앞에서 연습한 특제 미소를 날렸다.

"아아, 괜찮아. 오히려 독서 시간이 생겨서 좋았는걸."

독서가인 료는 익숙한 손놀림으로 책에 책갈피를 끼우고 가방에 넣으려다가…… 움직임을 딱 멈췄다. 그러더니 놀란 표정으로 나를 본다.

"어, 왜 그런 거야? 얼굴."

"아아, 응, 있잖아……."

어떻게 설명해야 할지 잠시 망설였다.

"스미레 얼굴이 이렇게 귀여웠던가?"

"응?"

료는 장난스러운 미소를 지으며 내 왼쪽 볼에 앉은 딱지를 손바닥으로 감쌌다.

"이 뺨은 그런대로 멋지긴 한데, 눈 밑의 갈색 아이섀도는 너무 진한 거 아냐?"

료는 손바닥을 내 볼에 댄 채 엄지손가락으로 눈 밑의 다크서클을 살짝 어루만졌다.

"료가 짙은 갈색을 좋아하는 것 같아서, 이틀 밤을 새우면서 열심히 만든 다크서클이거든?"

웃으면서 살짝 흘겨보니, 료가 풋 하고 웃음을 터뜨렸다.

볼에 닿은 료의 손가락은 무척 차가웠다. 냉장고 안에 든 명란젓 같다. 이렇게 추운 날씨에 30분이 넘도록 기다리게 했다.

안쓰러운 마음에, 무심코 료의 손을 내 손바닥 사이에 끼우고 녹였다.

"내 손, 따뜻하지?"

"응. 그보다, 스미레, 요즘 또 못 자는 거야?"

"아니, 제대로 푹 잔 모양이야. 몇 분 전까지."

"응? 몇 분 전까지라니, 어디서?"

"바로 저기 길에서."

나는 엄지손가락을 세우고 뒤쪽 거리를 가리켰다.

"뭐?"

"엎드린 자세로 푹 자고 있었는데, 어떤 친절한 남자가 깨워줬어. 그러다 중요한 데이트에 늦겠다고."

나는 놀라서 입을 떡 벌린 료의 얼굴을 올려다보며 킥킥 웃었다.

♪

내가 제안해서 도쿄타워까지 걷기로 했다.

어깨를 나란히 하고 긴자츄오 거리를 신바시新橋 방면으로 걷기 시작한다.

료는 나와 산책을 할 때 매우 천천히 걷는다.

천천히 걷다 보면 일 모드였던 내 의식이 서서히 '달콤한 데이트 모드'로 바뀌는 게 느껴진다. 늘 시간에 쫓겨 거리를 맹렬하게 뛰어다니는 바쁜 나에게, 이처럼 서서히 흐르는 풍경이 무척 신선하게 느껴졌다. '도쿄라는 곳은 알고 보면 다정한 도시인지도 몰라……'라고 감격할 정도로. 이렇듯 걷는 속도 하나로 마음에 비치는 경치가 완전히 달라진다.

걸으면서 나는 긴자 거리에 쓰러져 좀비처럼 되어버렸다는 이야기를 료에게 들려주었다. 물론 농담처럼.

"하하하."

료는 처음에는 짧게 웃더니 곧 진지한 표정으로 나를 바라보았다.

"뭐, 회사를 이제 막 시작했으니 여러 가지로 불안할 테고, 죽을힘을 다해 일하는 것도 당연하다고는 생각하지만……, 어떤 일에든 한계라는 게 있잖아. 스미레가 쓰러지면 목숨보다 소중한 '딥시DEEP SEA'는 누가 챙겨?"

"……으응."

'DEEP SEA'란 세 명의 멤버로 구성된 젊은 록 밴드 이름으로, 우리 회사에 소속된 유일한 뮤지션이다. 보컬은 여성이고, 기타와 베이스 형제로 구성되어 있다. 작년 여름 아오야마青山의 라이브하우스에서 DEEP SEA의 무대를 처음 보았다.

첫 번째 곡이 끝날 즈음에는 이미 현기증을 느낄 정도로 노래에 푹 빠져들었다. 가슴속 깊이 파고드는 허스키하고 관능적인 보컬의 노랫소리, 심장을 쏙 뽑아낼 듯 섹시한 멜로디, 감정을 교묘하게 실어 나르는 기타 음색, 온몸 구석구석의 세포를 동시에 깨우는 베이스 라인.

솔직히 전율했다.

편곡이나 무대 구성은 아직 조잡했지만, 잘 가꾸기만 하면 앞으로 눈부시게 빛날 원석인 건 분명했다. 그들이 자아내는 음표 하나하나에 심장이 벌떡벌떡 뛰어 가슴이 터져버릴 것만 같았다. 내 인생을 모두 걸어도 좋다고 생각했다. 그 정도로 뛰어난 가능성을 그들이 내는 '소리' 안에서 발견한 것이다.

무대 뒤 분장실로 찾아가 그들을 설득했다. '함께 프로를 목표로 뛰어보자, 나에게 맡겨달라'고 열정적으로 이야기했더니, 젊은 그들은 펄쩍 뛰며 기뻐해주었다.

그로부터 얼마 후 나는 근무하던 대형 레코드 회사 '올 업 엔터테인먼트'에서 퇴사했다. 보컬인 후유미와 기타리스트 슈스케가 연인 관계이기에 '올 업' 같은 메이저 기획사를 통해서는 데뷔시키기 힘들다는 것이 이유 중 하나였다. 메이저는 가수에게 비용을 엄청나게 들이기 때문에 실패를 허용하지 않는다. 그러니 사생활에 대한 제약도 엄격할 수밖에 없다.

또 만에 하나 올 업에서 데뷔했다 하더라도 그 당시 내가 일하던 부서는 영업부였으니, 프로듀서로서 그들을 직접 키우기란 현실적으로 불가능했다.

퇴사에는 1밀리만큼의 망설임도 없었다. 대형 기획사에 근무하면서 안정된 나날을 보내는 것보다 DEEP SEA와 함께 걷는, 불안정하더라도 자유로운 미래에서 더 높은 가치를 발견할 수 있으리라 믿었다.

그리하여 작년 겨울에 그동안 적게나마 모아둔 저금을 자본금 삼아 주식회사 '스마일뮤직'을 설립하고, 정식으로 DEEP SEA와 계약을 맺었다. 굳이 번거로운 절차를 거쳐 주식회사로 만든 것은 사람들의 신용을 얻기 위해서다.

DEEP SEA는 언젠가 큰일을 할 것이다. 그때 기획사가 회사 조직이 아닌 개인 사무소라면, 모처럼 만난 그들의 가능성을 살리지 못할 수도 있다.

"……키에 잠…… 꽤 오래 체류……게 됐어…… 한동안 만나지 못…… 메일은 자주 ……게."

"……응?"

"응, 이라니? 스미레, 내 이야기 듣고 있어?"

"응? 아, 응. 듣고 있어. 물론."

"정말이야?"

"응. 있잖아, 요 며칠 좀 바빴어. 앞으로는 되도록 충분히 자도록 할게. 미안해."

사실은 조만간 라이브가 열릴 예정이고 그 직후에 앨범 제작을 위한 녹음이 본격적으로 시작된다. 당분간 너무 바빠서 제대로 잘 수나 있을지 모르겠지만 일단 걱정이 많은 료에게는 그렇게 대답해두었다.

"역시 내 이야기 안 듣고 있었구나."

"어……."

"대화가 안 되네."

"아……."

"그런데 너, 지금 무슨 급한 일 있어?"

"응?"

료의 목소리가 약간 뒤에서 들렸다. DEEP SEA 생각을 했더니 나도 모르게 일할 때처럼 걸음이 빨라져 있었다.

"아, 미안."

료가 어이없다는 웃음을 짓는다.

"2개월 만의 데이트야. 일은 잠시 잊어줘."

"그러게. 미안."

정말로 미안해서 내가 먼저 료의 손을 잡았다. 이러면 나 혼자 빨리 걷는 일은 없겠지.

료의 차가운 손.

나는 잡은 손에 조금 힘을 주었다. 하지만 그의 커다란 손은 내 손을 살짝 감싸기만 했다. 그 느낌이 왠지 불안해서 문득 료의 옆얼굴을 올려다보았다. 면도를 꼼꼼하게 못했는지 턱 아래에 수염 몇 가닥이 남아 있다.

'사실은 료도 바쁘겠지…….'

그렇게 생각하니 갑자기 료가 사랑스러워졌다. 그 감정에 혼자 쑥스러워져서, 나는 잡은 손을 크게 흔들면서 걸었다. 료는 그런 아이 같은 나를 바라보며 눈을 가늘게 뜨고 웃었다.

다이몬大門 교차로에서 오른쪽으로 돌았다. 이제 똑바로 가면 조죠지增上寺가 나온다. 멋진 범종이 설치된 경내를 천천히 걸어서 빠져나오니 도쿄타워가 바로 코앞이다.

정면에 우뚝 솟은 흰색과 오렌지색의 거대한 철탑이 낮은 겨울 하늘 아래에서 얼어붙은 채 기잉 하고 우는 듯 보였다. 오렌지색의 뾰족한 끝이 몇 센티 더 길어지면 구름을 찔러 눈이 펑펑 쏟아질 것 같았다.

도쿄의 상징은 늠름하다.

"도쿄타워는 역시 밤에 올라야 좋겠지?"

료가 꼭대기를 올려다보며 말했다.

"응. 그러면 아직 시간이 많네?"

"그러네. 스미레, 배고파?"

나는 조금 생각하다가 되물었다.

"배는 안 고파. 우리 시바공원芝公園에서 놀까?"

"응? 공원에서 뭐하고 놀아?"

"오랜만에 로우킥 가르쳐줘."

료가 유쾌하게 아하하하 하고 웃었다.

"스미레가 더 이상 폭력적인 여자가 되는 건 싫어."

"뭐야, 더 이상이라니? 호신술로 배워두려는 건데."

"대체 누가 좀비를 덮칠까?"

"우와, 너무한 거 아냐? 나를 뭘로 보고."

장난치면서 시바공원 광장 쪽으로 걸었다.

이때 나는 내 몸 상태가 달라지는 데 놀라고 있었다. 조금 전까지만 해도 과로와 수면 부족으로 긴자 길거리에 쓰러져 있었는데, 지금은 언제 그랬냐는 듯 팔팔하다. 에너지는 함께 있는 사람과 나눠 가질 수도 있는 모양이다.

"아, 참."

인기척 없는 공원 벤치에 짐을 올렸을 때, 료가 중얼거리며 가방에서 금색 상자에 든 값비싼 영양제 두 병을 꺼냈다.

하나를 나에게 던진다.

공중에서 빙글빙글 도는 병을 양손으로 나이스 캐치!

"어차피 또 밤새우고 피곤할 것 같아서 사 왔어. 잘했지?"

료는 자기 몫의 영양제를 따서 단숨에 마셨다. 나는 빨대를 꽂아서 쪽쪽 빨았다. 다 마시고 나서 이렇게 말했다.

"료, 조금 야해."

그러자 다음 순간, 료가 손뼉을 치며 웃는다.

아니, 그렇게 크게 웃으면 어떻게 해…….

♪

나보다 두 살 많은 료는 대학 시절에 킥복싱 체육관에 다녀서인지 지금도 근육질에다 적당히 단단해 보이는 체격이다.

"나는 아무리 먹어도 살이 안 찌는 체질이라서……."

예전에 초콜릿 파르페를 앞에 두고 저런 말을 태연하게 하는 료에게 딱밤을 한 대 먹인 기억이 난다. 나도 살이 찐 편은 아니긴 하지만, 방심은 금물이다. 특히 서른이 넘었다면…….

"그럼 일단, 전에 가르쳐준 대로 챠, 슈, 멘, 하면서 발로 한번 차봐."

도쿄타워 아래에서 로우킥 레슨이 시작되었다.

"그 '챠슈멘'이라는 구호 말야, 골프 만화에서 스윙할 때 외치는 거지? 챠슈멘이라니, 왠지 마구 살이 찔 것 같은 느낌인데?

나는 좀 더 예쁜 걸로 할래. 예를 들면…… 튜, 울, 립!"

"아하하. 좋을 대로 해. 벚꽃(사쿠라)에 제비꽃(스미레)에 튤립이라……. 재미있는데?"

"그렇지? 나한테 딱 어울리는 예쁜 구호야."

"그런데 하는 짓은 로우킥이란 말이지."

둘이서 소리 내어 웃었다.

그러고 나는 료 앞에서 로우킥을 선보였다. 가끔 집에서 혼자 연습했기 때문에 그럭저럭 자신이 있었다.

우선 '튜'에서 왼발을 바깥쪽으로 비틀어 앞으로 내밀고, '울'에서 가면 라이더가 변신할 때처럼 오른손을 왼쪽 위로 뻗으며 상체도 왼쪽으로 비틀고, 마지막 '립!'에서 오른쪽 다리를 들어 힘껏 찬다. 이때 왼쪽으로 비틀었던 몸을 다시 오른쪽으로 빠르게 되돌리며 반동을 주는 것이 비결이다(라고 예전에 료한테 배웠다).

"오오, 제법 잘하는데?"

"정말?"

"응. 조금만 더 이렇게, 허벅지를 앞으로 내밀고, 마지막에 무릎을 쭉 펴는 거야. 나 봐봐. 목표 지점은 상대의 무릎에서 약간 위쪽."

료가 코트를 벗더니 내게서 조금 떨어진다.

"간다, 잘 봐."

"응."

다음 순간, 료의 다리가 공기를 갈랐다.

바지 자락에서 팡! 하고 소리가 날 정도의 속도였다.

"너무 빨라서 잘 안 보였어."

"응? 천천히 하면 자세가 안 나와. 아무튼 이런 느낌으로 한 번 해볼래?"

"으, 응. 튜, 울, 립!"

"아, 그게 아니라, 오른쪽 무릎을 이렇게."

"이렇게? 튜, 울, 립!"

"아니, 오른쪽 무릎을 이런 식으로."

"이렇게? 튜, 울, 립!"

"나쁘진 않지만, 조금 균형이 안 맞아. 상체를 왼쪽으로 정확히 비틀었다가 재빨리 오른쪽으로 돌아와야 해."

"응, 알겠어. 튜, 울, 립!"

"앗, 아깝다! 방금 자세 좋았는데. 실실 웃지만 않았다면 무조건 합격인데."

"어어어어, 뭐래?"

이처럼 유치한 남녀의 로우킥 레슨이 한동안 이어졌다.

그러는 동안 우리 얼굴은 줄곧 스마일이었다.

내가 웃으니 조금 전 얼어붙은 듯 보였던 도쿄타워까지 왠지 부드럽게 미소 짓는 것 같았다.

♪

겨울 태양이 낮은 하늘에서 주르륵 미끄러져 떨어지듯 갑자기 사라졌다. 둘러보니 시바공원이 수은등의 희미한 빛에 잠겨 왠지 수조 속에 있는 듯 환상적인 공기에 감싸였다. 선뜩하게 차가워진 밤공기 속으로 우리가 내뱉는 하얀 숨이 안개처럼 흩어져 사라졌다.

공원에서 나와 도쿄타워 티켓을 사고 안으로 들어갔다.

엘리베이터로 지상 250미터 위치의 특별 전망대까지 오른다. 전망대의 두꺼운 유리 저편으로 아득한 빛의 바다가 끝없이 펼쳐졌다.

"와, 세상에……."

비현실적인 그 광경에 나는 무심코 양손을 입에 댔다.

도쿄타워에는 초등학생 시절에 부모님과 한 번 온 적이 있는데, 그때는 이렇게 놀라지 않았다. 어렸던 그 시절에는 눈앞의 풍경에서 '존재의 의미'를 찾으려 하기보다 그저 순수하게 받아들일 수 있었기 때문인지도 모른다. 그때의 나는 모든 걸 있는 그대로 흡수하는 스펀지였다.

"있잖아, 료."

차가운 유리에 이마를 딱 붙인 채 바로 옆에 있는 얼굴을 본다.

"응?"

"이런 멋진 경치를 보면 뇌에 여러 생각이 한꺼번에 떠올라서 순간적으로 머리가 멈춰버려. 감동은 조금 시간차를 두고 서서히 느껴지는 것 같지 않아?"

"아아, 그럴지도 모르겠어. 어른이 되면 마음보다 머리가 먼저 반응하니까."

"마음보다, 머리가……."

"응. 어른들이 머리보다 가슴으로 판단하게 되면 세상이 훨씬 더 즐거워질 텐데."

"그러게, 정말."

머리가 아니라 가슴을 울리는 메시지.

DEEP SEA의 음악이 떠올랐다.

수많은 집에서 새어 나오는 빛.

건물의 빛.

차의 빛.

빛, 빛, 빛.

도쿄에 엄청난 수의 빛 알갱이가 흩어져 있다.

그 하나하나에 누군가의 생활이 깃들어 있다고 생각하니 왠지 머리가 멍해지면서 자그마한 한숨이 새어 나온다.

생각했다. 이 빛 속에 있는 모든 사람에게 DEEP SEA의 음악을 들려주고 싶다고.

료가 별안간 팔꿈치로 내 어깨를 쿡 찌른다.

"어이, 또 일 생각했지?"

으윽.

그걸 꿰뚫어 보다니.

료 쪽으로 시선을 돌렸다. 료가 싱긋 웃고 있다.

"아니야. 그냥 멍하니 있었거든?"

"거짓말쟁이."

"정말이야."

"스미레가 하는 거짓말은 금세 들통 나."

"어? 아닌데."

"스미레는 거짓말할 때면 눈을 깜빡이지 않거든."

"……."

듣고 보니 그런 것 같기도 하다. 여기까지 드러났다면 화제를 돌릴 수밖에 없다.

"료, 배고프다. 뭐 먹으러 갈까?"

나는 근육질인 료의 팔에 매달리며 미소 띤 표정으로 얼굴을 올려다보며 말했다. 역시 이 미소에는 이길 수 없다는 듯 료가 나를 무척 따뜻한 눈으로 바라봐주었다. 그러다 귀에 대고 가만히 속삭이듯 이렇게 말하는 것이다.

"좀비도 배가 고프나?"

"……!"

튜, 울, 립!

"아야!"

내 회심의 일격에 료는 얼굴을 찌푸린 채 한 발로 뛰면서 나의 실력을 인정했다.

"이제 졸업해도 되겠어. 나보다 낫잖아!"

나의 무기는 이로써 스마일과 로우킥, 두 개로 늘었다.

♪

도쿄타워에서 내려와 다시 다이몬을 향해 걸었다.

큰길 교차로 바로 앞에서 뒷골목으로 들어가, 바로 눈에 띈 캐주얼한 분위기의 이탈리안 레스토랑으로 들어가보았다. 우선 맥주와 애피타이저로 건배를 하고 메뉴와 눈싸움을 시작한다.

"여기, 잘 선택한 것 같지? 맛이 괜찮네."

"그러게. 기대해도 될 것 같은데?"

료는 계획에 얽매이는 걸 좋아하지 않는다. 데이트도 이렇듯 계획 없이 흘러간다. 운 좋게 괜찮은 가게를 만나면 싱글벙글 웃을 수 있고 실망스러웠으면 나중에 이야깃거리로 삼으면 된다고, 그는 늘 전형적인 B형 인간 같은 발언을 한다. 료의 말대로 예측 불가능한 하루를 직감으로 만들어가는 데이트는 어쩐지 모험처럼 느껴져서 더 즐거웠다.

지금까지 방대한 책의 세계를 누벼왔기 때문인지, 아니면 역시 B형의 특성인지, 료의 인생관은 그저 넓고 긍정적이다.

'앞이 보이지 않아 불안할 때일수록 미래에의 희망을 그려야 할 시기이다, 사람들은 누구나 현기증을 느낄 만큼 자유롭다.'

이 두 가지가 료의 인생철학이다.

그는 내가 회사를 차리겠다고 했을 때도 이런 말로 응원해주었다.

"인간은 누구나 360도 지평선만 보이는 대초원 한복판에 서 있어. 거기서 어느 쪽을 향해 걸어도 좋아. 달려도 좋고, 멈춰서 낮잠을 자도 좋고, 물구나무서서 소변을 봐도 좋고. 스미레에겐 자유가 있잖아? 하고 싶은 일을 하다가 도중에 그만두고 싶으면 그때 다시 생각해봐도 되지 않을까?"

어떻게 들으면 성의 없이 대충 던지는 발언 같기도 하지만, 이 말에 등을 강하게 떠밀린 것도 사실이었다.

회사를 차린 후 나는 거의 모든 시간을 DEEP SEA를 위해 바쳤다.

"나한텐 신경 쓰지 마. 잘될 거야."

료는 그렇게 말하며 초연하게 웃어주는 든든하고 고마운 사람이었다. 그런 료를 위해서라도 나는 하루빨리 성공을 거머쥐고 싶었다. 그리고 성공하는 그날, 료와…….

"아, 스미레, 또 일 생각한다."

이런이런.

료는 사람 마음을 읽을 줄 아는 능력이 있는 건가?

점원이 주문을 받으러 왔다. 메뉴를 펼치고 둘이서 손가락으로 짚어가며 주문을 한다.

테이블 위에 있던 내 휴대전화가 부우웅 하고 진동했을 때는 모르타델라 소시지 & 브로콜리와 파르메산 치즈 샐러드를 막 주문한 참이었다.

화면을 본다. DEEP SEA의 보컬 후유미였다.

료의 표정을 보니 눈짓으로 '받아봐'라고 하기에, 나는 고개를 끄덕이며 통화 버튼을 눌렀다.

"아, 여보세요?"

후유미의 다급한 목소리가 내 목소리를 덮을 듯이 귀로 뛰어들었다.

〈사쿠라 씨, 살려줘요!〉

어?

한순간 머릿속이 새하얗게 변했다. 나는 눈을 깜박이는 것조차 잊은 채 료를 보았다. 료는 점원에게 와인에 대해 묻고 있었다.

〈빨리 와줘요, 부탁이에요!〉

갈라진 목소리.

절박했다. 내 뇌가 현실을 인식하기 시작했다.

"후유미, 침착해. 무슨 일 있어?"

수화기 저편에서 짧은 비명이 들렸다.

"어, 뭐, 뭐야? 왜 그래? 무슨 일이야!"

뚝, 하고 통화가 끊겼다.

료와 점원이 의아한 얼굴로 내 쪽을 본다. 나는 설명할 겨를도 없이 후유미 번호를 몇 번이나 다시 눌렀다. 전원이 꺼져 있는지 연결이 되지 않았다.

"왜 그래? 스미레."

차분하게 깔린 목소리로 료가 물었다.

"후유미가, 살려달라고……."

심장이 마구 뛰었다. 말이 가슴속에 갇힌 채 뿔뿔이 분해된 듯 제대로 나오지 않았다.

일단…….

이때 내가 판단할 수 있는 부분은 단 하나뿐이었다. 이 상태로 데이트를 즐길 수는 없다는 것.

"미안, 료. 역시, 나, 가봐야 할 것 같아."

의자에서 일어나면서 유니클로 점퍼와 커다란 숄더백을 손에 들었다.

"나도 같이 갈까?"

"괜찮아. 료는 우리 집에 가서 기다려줄래?"

나는 다시 한 번 '정말 미안해'라고 말한 다음, 료와 점원에게 등을 돌리고 가게를 뛰쳐나갔다.

오늘도 도쿄의 밤거리를 달린다. 운동화를 신고 있어 다행이었다. 히비야日比谷 거리로 나와서 곧 택시를 잡았다.

"메구로目黒. 최고 속도로 가주세요."

"최고 속도라니, 아가씨, 도로 상황이……."

"아무튼 빨리 가주세요!"

나의 거친 태도에 운전사 아저씨가 고개를 움츠리고 액셀을 꾹 밟았다.

출발하자마자 기타를 맡고 있는 슈스케에게 전화를 걸었다. 그는 현재 후유미와 동거하고 있다. 호출음은 계속 울리는데 전화를 받지 않는다. 베이스 류지에게도 걸어본다. 다섯 번째 신호음이 울리고, 받았다.

〈네~.〉

태평스러운 목소리.

"급한 일이야. 용건부터 말할게. 방금 후유미한테 전화가 왔는데, 다급한 목소리로 살려달라고 했어!"

나 자신조차 깜짝 놀랄 만큼 빠른 속도로 말했다. 나에게 아나운서를 할 만한 재능이라도 있는 걸까?

류지는 전화선을 통해서도 확실히 느껴질 만큼 어이없다는 듯 깊은 한숨을 내쉬었다.

〈나 원 참. 이 사람들, 또야?〉

"또라니?"

〈어차피 싸우면서 형이 후유미를 또 때렸을 거예요. 가정 폭력이랄까?〉

가정 폭력이라니……. 후유미의 절박했던 목소리가 뇌리에 되살아났다.

"류지, 지금 빨리 후유미 집에 가볼래? 나도 지금 택시 타고 가는 중인데."

〈아뇨. 그건 힘들어요. 지금 나도 데이트 중이고. 그 사람들도 성인이니 알아서 하겠지요.〉

"아니, 그러지 말고."

〈아무튼 나는 지금 바쁘니까 끊을게요.〉

류지는 일방적으로 전화를 끊어버렸다.

데이트와 DEEP SEA, 대체 어느 쪽이 더 중요해?

초조감을 억누르며 전화기만 노려보았다. 화풀이 대상이 된 전화기가 뚜, 뚜, 하고 얼빠진 소리를 낸다. 그 소리를 듣다 보니 문득 가슴에 자그마한 불안의 씨가 생겨나 천천히 배 쪽으로 떨어지는 것 같았다.

혹시…….

DEEP SEA를 진심으로 아끼는 사람은, 나 혼자뿐인 걸까?

"소, 손님, 최대한 속도를 낼게요."

전화 내용을 들었는지 운전사가 핸들을 꽉 잡고 추월선으로 뛰어들었다.

♪

메구로 역에서 조금 떨어진 주택가의 좁은 골목으로 택시를 유도했다. 낯익은 모퉁이에서 우회전을 부탁했더니, 일방통행 출구여서 들어갈 수 없단다.

"어떻게 할까요? 직진했다가 돌아올까요?"

"아뇨, 여기서 내릴게요. 감사합니다."

거스름돈을 받을 새도 없이 재빨리 내렸다.

그리고 두 번째 전력 질주.

곧 후유미와 슈스케가 사는 아파트가 보였다. 2층 끝집이다. 자그마한 창문에 옅은 초록색 커튼이 걸려 있고, 그 틈으로 집 안의 노란 불빛이 새어 나왔다. 계단을 뛰어 올라가서 몇 번이고 초인종을 눌렀다.

"후유미! 후유미!"

불러도 대답이 없다.

손잡이를 돌리면서 문을 쑥 당겼다. 문과 함께 후유미가 밖으로 뛰쳐나온다. 둘이서 동시에 손잡이를 잡아 돌리고 문을 연 것이다.

"후유미, 괜찮아?"

놀란 나는 그렇게 말하면서 잽싸게 집 안을 들여다보았다.

안쪽 벽에 자그마한 목제 테이블이 놓여 있고, 슈스케가 거기서 차를 마시며 이쪽으로 얼굴을 돌렸다.

눈이 웃고 있다.

TV에 개그 프로그램이 흐른다. 슈스케는 지금 TV를 보며 웃고 있었던 것이다.

"죄송해요……."

기어들어 갈 듯한 후유미의 목소리. 창피한지 고개를 숙인 얼굴에 복잡한 표정이 떠오른다.

후유미의 발끝에서 머리 꼭대기까지 샅샅이 살폈다. 다행히 무사한 모양이다. 갑자기 하반신에서 힘이 빠져 문 앞에 맥없이 주저앉고 말았다.

♪

후유미와 슈스케와 나.

셋이서 테이블을 가운데 두고 앉아 인스턴트커피를 마셨다. TV를 끄고 이것저것 캐묻는 나를 향해 대답은 거의 슈스케가 했다. 후유미는 묵묵히 고개만 숙이고 있다가 이따금 생각났다는 듯 커피를 홀짝였다.

결론부터 말하자면, '칼로 물 베기'라는 부부싸움이었다(아직 혼인신고는 하지 않았으니 정식 부부는 아니지만). 그러니까, 나는, 물이 칼에 베일까 봐 놀라서 쫓아온 어리석은 생물이었다. 게다가 두 사람은 이미 화해한 직후. 나는 '방해꾼' 냄새만 풀풀 풍겼다.

싸움의 원인은 후유미가 모르는 남자와 채팅을 했다는 둥 아니라는 둥, 뭐 그런 하찮은 문제였다. 하지만 나는 후유미에게 솔직한 이야기를 들어둬야 했다.

"후유미, 잠시만. 둘이서 할 이야기가 있어."

그녀의 팔을 잡고 현관문 밖으로 데리고 나왔다. 대화에서 제외된 슈스케가 불만스러운 표정을 지었지만 말은 따로 하지 않았다.

나는 등 뒤로 문을 살짝 닫았다. 차가운 밤공기가 이마를 시원하게 어루만져주니 묘하게 기분이 좋아졌다.

"후유미, 사실대로 말해줘."

후유미는 불안해 보이는 얼굴로 고개를 갸웃했다.

"슈스케가 후유미를 때린다는 게 정말이야?"

후유미는 아주 잠깐 놀란 듯 눈을 크게 뜨더니 곧 시선을 발밑으로 떨어뜨렸다. 그녀의 반듯하고 아름다운 입술에서 '아니'라는 말은 나오지 않았다. 역시 류지의 말이 사실인 모양이었다.

"만약 그렇다면 잠시 동안이라도 따로 사는 편이 좋을 것 같은데."

후유미의 입술은 움직이지 않았다. 그녀는 추운 듯 가슴 앞에서 자신의 양팔을 감싸 안았다. 나는 묵묵히 그녀를 바라보기만 했다.

길게 뻗은 검은 머리카락과 일본인 같지 않은 새하얀 피부. 신비함이 느껴지는 가느다란 눈. 여자인 나조차 이 아가씨의 요염한 아름다움에 숨이 멎을 때가 있다. 이 외모도 보컬로서의 특별한 재능 중 하나일 것이다.

내가 소중히 소중히 키워가야 할 보석.

"있잖아, 후유미."

"네……."

"로우킥 가르쳐줄까?"

"네?"

후유미가 그제야 얼굴을 들어주었다.

기회다. 나는 이 기회를 놓치지 않고 로우킥이 아닌 다른 무기를 사용했다.

최대한 마음을 담아, …… 스마일.

"후유미, 참지 않아도 돼."

후유미는 몇 초간 나를 가만히 바라보았다. 이윽고 그 새까만 눈에서 눈물이 뚝뚝 떨어졌다. 내 목에 가냘픈 양팔을 천천히 두르고, 후유미는 소리 죽여 울었다.

"오늘 우리 집에 갈래?"

나의 제안에 후유미는 울면서 고개를 옆으로 흔들었다.

"슈스케는, 내가 없으면 안 되는 사람이라……."

"……그렇구나."

나는 후유미의 울음이 멎을 때까지 그녀의 반들반들하고 차가운 머리카락을 계속 쓰다듬고 있었다.

♪

나는 사장으로서 이제 두 번 다시 싸우지 말라는 엄명을 내리고 그들의 아파트를 나왔다.

그리고 세 번째 질주.

메구로 역 근처까지 와서 택시를 탔다.

"고마자와駒澤 대학. 최고 속도로 가주세요!"

"아가씨, 다짜고짜 최고 속도라니……."

"아무튼 빨리 가주세요!"

나의 격렬한 태도에 놀랐는지 운전사 아저씨가 백미러로 쳐다보았다. 눈이 마주쳤다. 야쿠자 같은 생김새. 무서워 보이는 아저씨였다.

으, 어떡하지?

움츠러든 내 마음을 토닥이듯 아저씨는 액셀을 꽉 밟아주었다. 생각해보니 무서워 보이는 사람은 오히려 나인지도 모른다.

야쿠자 vs 좀비.

왠지 이길 수 있을 것 같다. 로우킥도 전수받았고.

내가 사는 집은 고마자와 대학 역 근처에 있는 방 두 개짜리 아파트. 안쪽 방은 침실로, 현관 쪽 방은 회사 사무실로 이용하고 있다. 이른바 자택 겸 사무소다.

택시의 움직임에 따라 흔들리며 집에 와 있을 료를 떠올린 순간, 나는 한 가지 중대한 사실을 깨닫고 하마터면 소리 지를 뻔했다. 아니, 입 밖으로 터져 나오려는 비명을 꾹 참는 바람에, "허억!" 하는 기묘한 소리가 새어 나오고 말았다.

"소, 손님, 괘, 괜찮아요?"

야쿠자 운전사가 걱정스러운 얼굴로 물었다.

괜찮을 리가!

지금 료 아닌 다른 남자가 우리 집에서 지내고 있는데!

이미 죽었어야 할 좀비가 이번에는 숨이 넘어갈 만큼 당황해서, 휴대전화 연락처에서 '다나카 도시유키'라는 이름을 급히 찾았다. 같은 일을 하는 10년 지기 동료다.

당장 전화를 건다. 도시짱은 신호음이 울리자마자 받았다.

〈수고~! 오랜만의 데이트 어땠어?〉

하품이라도 할 것처럼 태평스러운 목소리.

"지금 그런 말 하고 있을 때가 아니야. 그쪽으로 료가, 내 남자친구가 가고 있어."

〈응? 무슨 말이야? ……어? 지금 왔나 봐. 열쇠가, 열리고…… 문이, 막, 열렸어.〉

말도 안 돼. 설마 싸움이라도 나는 건 아니겠지?

나는 할 말을 잃었다.

전화기 저편에서 '아, 안녕하세요. 료 씨죠?'라고 하는 도시짱의 목소리가 들려온다.

"잠깐, 도시짱, 료 좀 바꿔줘!"

〈알았어.〉

'스미레가 당장 바꿔달라고 합니다'라는 도시짱의 목소리가 들리고, 정말로 당장 료의 목소리가 전화기에서 흘러나왔다.

〈여보세요. 응, 지금 스미레 집에 도착했는데…….〉

"료, 아니야, 도시짱은 아니야. 아, 그 사람, 도시짱이라고 하는데, 레코딩 엔지니어라는 기술자인데, DEEP SEA 라이브 때 쓸 CD 데모 음원을 만들어주기로 했어. 오늘은 료랑 데이트한 후에 도시짱이랑 집에서, 아니 아니, 회사에서 같이 최종 점검을 하고 CD로 굽기로 했거든. 나 완전 깜빡 잊고 있었어."

〈응, 으응. 그랬구나.〉

'저기, 나는 정말로 그냥 같이 일하는 동료일 뿐이에요.'

멀리서 도시짱의 목소리가 들렸다.

"부탁이야, 료, 나를 믿어줘. 침실은 잠겨 있을 거야. 거긴 료랑 나만 들어갈 수 있어."

〈아, 응. 알겠어…….〉

그때, 다시 들려오는 도시짱의 목소리.

'저기요, 저는 그만 갈까 봐요.'

"아아아, 안 돼 안 돼, 도시짱 가면 안 돼!…… 라고 료한테 말해봤자 소용없구나. 미안. 도시짱이 가버리면 라이브까지 음원을 완성할 수 없어. 그렇게 되면 정말 곤란해."

'가시면 안 된다고 하네요.'

'아, 역시 그런가요?'

두 사람의 대화가 들린다.

〈으음, 스미레. 그러니까 오늘은 내가 돌아가는 게 낫겠구나?〉

나는 어떻게 대답해야 할지 몰랐다. 결국 심각한 죄책감에 짓눌리면서 내 입에서는 '미안해'라는 말이 새어 나왔다.

〈오케이. 알겠어. 내일은 토요일이고 쉬는 날이니까 잠시만 시간 내줄 수 있겠어?〉

"저기…… 모레가 라이브야. 그래서 내일까지 끝내야 할 작업이 많아. 만나기는 좀 어려울지도……. 미안……."

〈그렇구나. 그럼 밤에 잠시라도 좋으니까…….〉

늘 너그러웠던 료가 이렇게까지 매달리는 건 처음이었다. 하지만 정말로 내일은 작업 스케줄이 꽉 차 있어 밤을 새워도 모자랄 판이었다.

"료, 정말 미안. 내일은 아무래도 안 되겠어."

〈그렇구나……. 그럼, 뭐, 할 수 없지.〉

"미안해."

〈응. 그런데 후유미 씨, 괜찮았어?〉

"아, 응. 그냥 남자친구랑 싸웠나 봐."

〈그렇구나. 뭐, 다행이네. 그럼, 이 전화, 본인한테 돌려드리고 갈게. 안녕.〉

마지막의 '안녕'이 기분 탓인지 평소보다 차갑게 들렸다.

"아, 응, 또 연락할게. 정말 미안해."

〈됐나? 그럼 끊는다.〉

바로 도시짱 목소리가 들리고 전화는 끊어졌다.

뚜, 뚜, 뚜, 하는 얼빠진 소리.

'또 이 소리구나…….'

휴대전화를 본다.

대기 화면은 DEEP SEA 멤버와 내가 얼굴을 맞대고 웃는 사진이다.

'보통은 애인과 둘이 찍은 사진을 올릴 텐데…….'

마음속으로 중얼거린 후, 하아, 하고 텅 빈 한숨을 내쉬었다.

죄책감과 자기혐오가 내 안에서 크게 부풀어 올랐다. 그 고통에 짓눌리지 않으려고, 오늘 일은 내 힘으로 어쩔 수 없었다고 생각하기로 했다. 하지만 또 다른 나는 자책감에 못 이겨 나 자신만의 세계에 틀어박혔다. 오늘 하늘처럼, 막대기로 쿡 찌르면 눈물이 떨어질 것만 같았다.

택시 안에 AM 라디오가 낮은 소리로 흘렀다. 약간 허스키한 여성 목소리가 뉴스를 담담하게 전한다.

나는 야쿠자 운전사에게 사과했다.

"아저씨, 죄송해요. 이제 천천히 가셔도 돼요."

택시 속도가 쑥 떨어졌다. 백미러 안에서 또 눈이 마주쳤다. 역시 매서운 얼굴이다. 야쿠자 운전사는 앞쪽으로 시선을 옮겼다가 잠시 후 조용한 목소리로 이런 말을 했다.

"아무리 열심히 살아도 인생에는 산도 있고 계곡도 있기 마련이지."

정말로 그런 것 같았기에 오히려 뭐라고 대꾸할 말이 없었다. 아무리 그래도 오늘 '계곡'은 너무 깊었다.

구급차가 사이렌을 울리며 스쳐 지나갔다.

창밖을 본다.

휘황찬란하게 빛나는 도쿄의 밤거리가 아무 의미 없이 앞에서 뒤로 그저 흘러간다. 료와 함께 걸을 때는 이 거리가 다정하게 웃어주었는데, 지금은 나와 전혀 상관없는 차가운 콘크리트 바닥일 뿐이다.

라디오 뉴스가 일기예보로 바뀌었다.

"손님."

야쿠자 운전사가 위로하는 듯한 목소리로 불렀다.

"네……."

"오늘을 한자어로 '금일'이라고 하지요? 내일은 뭐라고 하는지 알아요?"

"어……, '명일'이던가요?"

"네. 그 '명' 자가 '밝을 명' 자예요. 내일이면 틀림없이 괜찮을 거예요. 내일은 밝은 날이니까."

그때 라디오의 기상캐스터가 끼어들었다.

내일은 하루 종일 흐린 날씨가 이어지겠습니다.

구름이 많아 낮에도 어둑어둑하고 기온도 낮겠으며,

지역에 따라 차가운 비나 눈이 내리는 곳도 있겠습니다.

내일은 밝아? 어두워? 어느 쪽이야?

"하늘은 어두워도, 인생은 밝아요. 다 잘될 겁니다."

화장을 하지 않았다는 사실에 감사했다. 마스카라를 발랐다면 큰일 날 뻔했다. 유니클로 점퍼 소맷자락으로 흘러내리는 눈물을 닦았다.

내일…….

그랬구나, 료. 미안해.

"자, 울지 말고, 이거 마시고 힘내요."

야쿠자 운전사 아저씨가 손을 뒤로 하여 캔커피를 건넸다. 나는 코를 훌쩍이며 감사 인사를 하고 천천히 마셨다.

내일은 료와 만난 지 2년이 되는, 우리 둘의 소중한 기념일이었다.

제2장

오늘은 흐림

현관문을 열었다.

없다는 걸 아는데도 눈이 무의식적으로 료의 신발을 찾는다. 운동화를 슬리퍼로 갈아 신고 '회사'로 사용 중인 삭막한 쪽 방으로 향했다.

"수고 많네."

PC 앞에서 음을 만들던 도시짱이 내 얼굴을 보고 일어났다. 트레이드마크인 검정색 군모를 앞뒤 거꾸로 돌려 쓰고 있다.

"어어, 스미레, 어떻게 된 거야? 그 얼굴."

"응? 다크서클 말이야, 상처 말이야?"

일단 '퉁퉁 부은 눈 말이야?'라고는 묻지 않았다. 웃으려 애썼지만, 성공한 것 같지는 않다.

료 때문에 운 사실은 되도록 들키고 싶지 않다. 아무리 사이 좋은 이성 친구라도, 신뢰하는 동료라도……. 일단 나는 사장이니까.

"양쪽 다. 뭐, 맨얼굴이라 다행이었네. 마스카라라도 했더라면 얼굴이 새까매질 뻔했잖아."

도시짱이 다 안다는 듯 싱긋 웃었다.

뭐야, 운 거 들켰네.

"하아, 오늘은 정말 지쳤어."

"그런 것 같네. 일단 이야기 좀 들어볼까? 아니면 곧바로 작업 시작해?"

도시짱은 어쩜 이렇게 상냥할까? 동성 친구보다 더 세심하다. 그의 배려가 피부로 느껴진다.

솔직히 말하면 오늘 있었던 일을 처음부터 끝까지 다 털어놓고 맥주라도 마시고 싶은 기분이었지만, DEEP SEA의 라이브가 벌써 이틀 후로 다가왔다. 개인적인 고민 상담 따위 하고 있을 시간이 없다. 나는 마음을 다잡기 위해 괜한 허세를 부렸다.

"울었더니 이제 후련해졌어. 작업 시작하자. 도시짱까지 긴장하게 해서 미안. 아까 놀랐지?"

"조금. 나보다 그 친구가 더 놀랐을 거야. 내일 전화해서 잘 이야기해."

"응. 그럴게."

나는 두 사람분의 커피를 내린 후 한 잔을 도시짱에게 건넸다. 책상 건너편에 마주 보고 앉아 각자 작업에 들어간다.

도시짱은 '프로툴'이라는 레코딩 소프트웨어를 이용하여 미리 녹음해둔 DEEP SEA의 음원을 꼼꼼하게 조정하기 시작했다. 전용 소니 헤드폰을 끼고 진지한 표정으로 음을 듣고 분석하면서 모니터 위로 흐르는 음의 파형과 눈싸움을 한다. 마음에 들지 않는 부분이 나오면 키보드와 마우스를 움직여가며 미세하게 조정한다. 크게 바꾸고 싶을 때는 내 의견을 물으니 믿고 맡길 수 있다.

여자처럼 섬세하고 꼼꼼한 도시짱이지만, 일할 때의 얼굴은 남자답고 꽤 멋있다. 키가 큰 데다 패션 센스도 좋으니 밖에 나가면 분명 인기가 많을 것이다.

레코딩 엔지니어로서의 솜씨도 뛰어나서 업계에서는 거의 완벽한 결과물을 내놓기로 유명하다. 독립하여 프리랜서가 된 지 5년 동안 한 번도 일이 끊긴 적이 없다는 말에도 수긍이 간다.

자기 이야기를 잘 하지 않아서 조금 신비스러운 구석도 있는데, 그 점이 또 그의 매력인 모양이었다.

나는 그런 도시짱 앞에 앉아서 라이브하우스 제작진에게 보내는 무대 배치도를 일러스트레이터 프로그램으로 만들기 시작했다. DEEP SEA 세 사람이 설 위치를 비롯하여 서포트 멤버의 위치와 악기, 기자재까지 삽입해야 한다. 그 작업이 끝나면 라이브 당일에 판매할 신곡 데모 CD 재킷 디자인에도 착수해야 한다. 가사집도 만들어야 한다. 그다음에는 실제로 수십 장의 CD를 구워야 한다. 이게 또 시간을 꽤 많이 잡아먹는 작업이다.

그 외에도 주차장을 확보해야 하고, 곡 순서나 멘트 내용을 구성해야 하고, 무대조명이랑 CD 판매에 관해 라이브하우스의 제작진과 의논해야 한다. CD 판매 시 필요한 거스름돈과 금고 준비까지 내가 직접 해야 한다. 영세기업 사장에게는 돈 대신 할 일만 산더미처럼 쌓인다.

나도 도시짱도 작업 중에는 거의 말을 하지 않는다. 완전히 자기만의 세계에 빠진다.

타닥타닥 타닥타닥…….

키보드 두드리는 소리가 삭막한 방을 떠돈다.

이따금 PC로 메일이 들어왔다. 제목이 거의 영어다. 외국에서 오는 스팸메일이다.

비아그라 따위, 나는 필요 없다고!

스팸메일이 날아올 때마다 집중력이 깨졌다. 나는 더 이상 참지 못하고 계정에 접속하여 해외에서 오는 모든 메일을 자동 차단하도록 설정했다. 그러고는 다시 작업에 몰두했다.

#

갈증을 느끼고 모니터에서 얼굴을 들었다.

창밖에서 아침 해가 쏟아져 들어와, 마루에 버터 색 양지를 만들어놓았다.

'벌써 아침인가?' 하고 생각하고 있는데 도시짱이 소리를 높이며 기분 좋게 기지개를 켠다.

"됐다, 끝났어!"

"와아, 도시짱, 수고했어. 커피 마실래?"

"아니, 괜찮아. 그보다 한번 들어볼래?"

"오케이."

나는 헤드폰을 끼고 도시짱이 만들어낸 음을 들었다. 눈을 감고 DEEP SEA의 세계에 귀와 마음을 연다.

네 곡을 모두 들은 후, 천천히 눈을 뜬다.

눈앞에서 팔짱을 끼고 나를 내려다보는 도시짱이 신으로 보였다. 도시짱의 등 뒤로 부처님처럼 후광이 비쳤다(사실은 그가 정말로 밝은 창문 앞에 서 있었다).

완성된 음은 정말이지 완벽했다. 과연 신이라 할 만하다. 데모 CD가 이 정도라면 이미 120점은 따놓은 거나 다름없다.

"어때?"

도시짱이 물었다.

"응, 완벽 그 이상이야! 정말 고마워."

"그렇지?"

도시짱은 웃는 얼굴로 고개를 끄덕이며 손목시계를 보았다.

"좋았어. 그럼, 나는 가서 눈 좀 붙일게. 스미레도 이제 좀 자도록 해."

도시짱은 긴 팔다리를 재빨리 움직여 현관에서 부츠를 신고, "갈게"라고 인사한 후 바삐 나갔다가 다시 문을 살짝 열었다.

"료 씨한테 연락해서 제대로 사과해."

틈으로 얼굴만 들이밀며 말한 뒤 다짐을 받으며 윙크.

이렇게 오글거리는 짓을 해도 도시짱은 왠지 밉지 않다.

"응, 땡큐."

#

혼자가 된 후에도 나는 계속 작업을 이어갔다.

하지만 한 시간이 채 지나지 않아 한계에 도달했다. 뇌에 막이 한 겹 입혀진 듯 사고에 제동이 걸려버렸다.

어제는 이 몽롱한 의식으로 회의에 참석한 뒤 데이트 장소로 향하다가 긴자 길거리에서 뜻밖의 '낮잠'을 자고 말았던 거다.

오늘은 조금이라도 자두지 않으면 안 될 것 같았다.

우선 재빨리 샤워를 하고, 오래 입어 색이 바랜 노란색 평상복으로 갈아입었다. 냉장고에서 맥주를 꺼내고 컴퓨터 앞에 앉아 운세 사이트를 연다. 분홍과 검정과 초록을 바탕으로 한 화면이 나타난다. '삼라만상'이라는 사이트다. 생년월일로 계산하여 열두 개의 유형을 나누는데, 각 유형의 이름이 특이하고 재미있다. 바다, 하늘, 땅, 식물, 동물, 바람, 달 등 열두 가지 중에서 나는 '식물'에 해당한다.

어디 보자, 오늘 '식물'의 운세는?

식물님…… 뭔가 마음에 걸리는 일이 있군요.
그 때문에 생활에 지장이 생기지 않도록
커피타임도 가지면서 간간이 휴식을 취하세요♪

으으, 딱이다. 링코, 제법인데?

사실은 이 사이트, 대학 시절부터 친구인 고미야마 링코가 아르바이트로 운세를 봐주는 곳이다.

링코는 서른두 살로 나와 동갑인데, 본업은 순정만화가다. 발랄하면서도 묘하게 순진하여 4차원 소녀 같은 구석이 있지만, 무슨 이유에서인지 남자들한테 굉장히 인기가 많다.

내가 료와 사귀기 시작한 시기와 거의 비슷하게 링코도 담당 편집자와 비밀 교제를 시작했고, 언젠가 결혼하자는 약속까지 한 모양이다. 그런데도 그칠 줄 모르는 링코의 '악녀 기질'은 지금도 왕성해서, 진열대에 올려둔 괜찮은 남자들을 하나하나 꺼내어 가지고 노는 취미도 여전했다.

"아니야, 가지고 노는 거 아니거든? 스트레스를 해소하려는 것뿐이야."

이렇게 링코는 늘 만화 같은 목소리로 변명하지만, 또 한 명의 친구인 기타노 미사키가 예리하게 추궁한다.

"지금 그런 말로 정당화될 수 있다고 생각해? 오히려 '스트레스를 해소하려고 남자를 이용하고 있습니다!'라고 선언하는 꼴이잖아!"

간사이關西 출신인 미사키는 올 업 엔터테인먼트에 나와 같은 해에 입사한 동기이다. 학생 시절에 고향인 와카야마和歌山의 어느 미인대회에서 그랑프리를 수상했을 정도로 예쁜데, 도쿄에서 붙은 별명은 외모와 어울리지 않게 '대부'다.

알고 보면 여장부 스타일에다 늘 의젓하고 침착하여 상사도 의지할 만큼 든든한 존재이다. 그녀의 마릴린 먼로 같은 매혹적인 걸음걸이는 지나가는 남자를 돌아보게 하지만, 미사키가 한 번 노려보면 조건반사처럼 "죄송합니다"라는 말이 튀어나온다.

전혀 고칠 생각 없어 보이는 간사이 사투리도 그녀라는 존재를 한층 위협적으로 만드는 요인인 것 같다. 세상의 한심한 남자들이 미사키를 그림의 떡이라고 마음대로 판단한 탓에, 그녀는 지난 1년 반 동안 줄곧 싱글이었다. 마음씨도 곱고, 청소나 빨래는 기본에 요리까지 잘하는 특급 미인인데, 정말 아깝다.

나와 링코와 미사키.

세 사람은 성격이 이만큼 다른데도 신기할 정도로 마음이 잘 맞다. 거의 매달 적어도 한 번씩은 모여서 술을 마신다.

링코에게 메일을 보냈다.

> 오늘 식물 운세 나한테 완전히 딱인데? 링코, 굉장하다!
>
> 조만간 또 한잔해야지?
>
> 오늘도 밤새 만화 그린 건가? 파이팅! 잘 자.

보내는 김에 미사키에게도.

> 나 정말 울고 싶어. 어젯밤에 일이 좀 있었거든.
>
> 료가 나한테 딴 남자 있다고 의심할지도 몰라.
>
> 나 버림받으면 어쩌지…….
>
> 미사키, 나 좀 도와줘어어~~.

미사키는 늘 냉철하고 머리 회전이 빨라서 나에겐 보호자 같은 존재이다. 그녀가 오른쪽으로 돌라고 하면 나는 두말없이 오른쪽으로 향한다. 나는 일에 관해서든 연애에 관해서든 일단 고민이 되면 미사키에게 상담을 요청한다. 미사키에게 지혜를 빌려도 판단이 안 설 때에는 링코의 운세에 따라 인생을 결정한다.

시계를 보니 아침 8시가 넘었다.

으앗, 큰일이다!

나는 남은 맥주를 단숨에 벌컥 마시고 안쪽 방으로 들어갔다. 사이드보드 위에 있는 기다란 스틱 모양을 한 라벤더 향을 2센티 정도로 접어서 불을 붙인다.

이 방은 나만의 공간.

내 본연의 모습으로 돌아오기 위한 안식의 공간이다.

일에 관련된 물건은 휴대전화도 포함하여 절대 가지고 들어오지 않는다. 내가 '성역'이라 부르는 유일하게 사적인 장소이다. 이곳에 들어오면 나는 사장이 아닌 한 사람의 여자. 어떤 상황이든 이 방 안에서만은 내가 나를 용서한다.

따스한 색감의 커튼으로 창문을 빈틈없이 가리고 침대에 들어갔다. 반듯하게 누운 순간, 등이 이불에 스르르 녹아드는 듯했다. 한 번 심호흡을 한 후, 료를 생각했다.

조금만, 울까……?

마음먹고 참회의 첫 눈물방울을 귀 쪽으로 흘린 순간, 어이없게도 의식은 끊어지고 말았다.

#

두 시간 정도 지나 자명종 알람이 울렸다.

몸은 여전히 무거웠지만 뇌를 감싼 불쾌한 막은 말끔히 벗겨진 듯했다. 침대에서 내려와 '성역'에서 '회사'로 1초 만에 출근.

"시작해볼까?"

목소리를 냈다.

나는 이 순간부터 사장이다.

머리를 잽싸게 감고 머리카락이 아직 젖은 채로 늘 입는 유니클로로 갈아입었다. 찬장에 쌓인 칼로리 밸런스를 갉아 먹으며 메일을 체크하고 오렌지주스를 한 잔 마시면 준비 완료.

어깨까지 오는 생머리는 굳이 드라이어로 말릴 필요 없다. 시간이 아까우니 자연 건조에 맡긴다. 반년 전에 드라이어가 고장 난 후 아직 사지도 않았다는 소문은 링코가 퍼뜨렸지만, 뭐, 완전히 거짓말은 아니다.

미사키에게 조금 신경 쓰이는 메일이 와 있었다.

스미레, 안녕. 무슨 일이 있었는지 다음에 만나면 들려줘.

그리고 아침부터 이런 말 하고 싶지 않은데, 에로부장이

또 무슨 좋지 않은 일을 도모하고 있다는 소문이 들려.

조만간 만날 수 있을까? 되도록 빨리 만나자♪

'에로부장'이란 올 업 프로듀서 '이와미쓰 쥬고'를 두고 하는 말이다. 성희롱과 폭언이 취미인, 예전에 나의 상사였던 남자. 지금 미사키가 소속된 마케팅 팀 옆 부서의 프로듀서이다.

나이는 올해 딱 50세. 이와미쓰가 사내의 젊은 여직원(나의 직속 후배였다)과 불륜 관계라는 사실은 유명했다. 그 소문을 모르는 건 본인들뿐이었다. 여직원들은 그런 이와미쓰를 에로부장이나 '에로듀서', 혹은 줄여서 'ED'라고 부르곤 했다.

에로듀서와는 퇴사 후 한 번도 만난 적이 없고, 메일도 전화도 교환한 적이 없다. 즉, 접점이 제로라는 뜻이다.

미사키는 대체 무슨 말을 하려는 걸까? 아무튼 빠른 시일 내에 만나야 할 것 같다.

스케줄로 새까맣게 채워진 수첩에서 미사키와 만나기 위한 여백을 찾으며 운동화를 신었다. 녹음이 주말부터 시작되니, 아무래도 녹음 전날밖에 시간이 없을 것 같았다. 게다가 회의와 회의 사이. 두 시간이 한도다.

현관을 나섰다. 열쇠로 잠그고 엘리베이터로 1층까지 내려가 아파트 밖으로 발을 내디디려다가 한 바퀴 휙 돌아 다시 집으로 들어갔다. 가랑눈이 내려서 우산을 가지러 온 것이다. 어젯밤 택시 안에서 들은 일기예보가 맞았다.

'내일은 밝은 날이니까.'

야쿠자 운전사의 대사가 문득 되살아났다.

나는 이날도 분주하게 뛰어다녔다.

지인이 다니는 라디오 방송국과 CD 판매점에 인사 겸 영업을 하러 살짝 들르고, 그 길로 내일 공연장이 될 시부야의 라이브하우스로 향했다.

스태프와 최종 회의를 끝내니 벌써 해 질 무렵이었다. 가랑눈은 어느새 차가운 은색 실로 바뀌어 있었다.

료에게 몇 번이나 전화를 했지만 연결이 되지 않았다. 메시지를 보내도 답이 없다.

갑자기 배가 고프다는 생각이 들었다. 너무 바빠서 점심 먹는 것도 잊었다. 배가 고프면 더 슬퍼질 것 같아서 맥도널드 치즈버거를 샀다. 걸으면서 먹을 수 있으니 바쁠 때 편리하고, 무엇보다 버거 안에 든 이 피클을 난 무척 좋아한다.

오른손으로 우산을 들고 길을 걸으며 꽁꽁 언 왼손으로 치즈버거를 먹는데 뒷주머니에 든 휴대전화가 부르르 진동했다.

"응? 누구지?"

치즈버거를 오른손으로 옮기려던 찰나, 작은 사건이 터지고 말았다.

훌러덩.

아, 아아앗! 아직 반도 안 먹었는데!

메인인 피클도 아직 못 먹었는데!

급히 주웠지만 젖은 길에 떨어진 햄버거는 이미 축축했다.

'피클만이라도 먹을까?'

순간 생각했지만 역시 그만두었다.

그러는 동안 휴대전화 진동은 멈췄다. 이런 중요한 순간에 전화한 얄미운 상대가 누구인지 크게 한숨을 쉬면서 확인하는데, 놀랍게도 료였다!

절망 끝에 희망이라더니!

곧바로 다시 걸었다. 그러나 또 연결이 되지 않는다.

희망 끝에 또다시 절망.

"아아아아, 정말 싫어!"

무심코 소리를 지르고 말았다. 지나가던 커플이 깜짝 놀라서 내 쪽을 쳐다본다. 괜히 좀비 흉내라도 내면서 뒤쫓고 싶었다.

#

해 질 무렵 귀가했다.

열쇠를 끼우고 문을 연다.

아무도 없는 어두운 집은 마치 젤리처럼 질퍽질퍽하고 차가운 공기로 가득했다. 그래도 라벤더의 잔향 덕분에 마음이 조금 포근해졌다.

불을 켠다. 삭막한 '회사'가 나타났다.

"다녀왔습니다……."

중얼거렸다가 조금 후회했다. 내 목소리를 텅 빈 공간이 꿀꺽 삼켜버렸다. 혼자라는 쓸쓸함은 이런 사소한 순간에 바늘이 되어 가슴을 콕콕 찌른다.

히터를 켰다. 깊은 밤의 냉장고처럼 부웅~ 하는 소리가 났다. 방이 데워질 때까지 조금 시간이 걸릴 것 같아서, 점퍼를 입은 채 책상 앞에 앉았다.

작업을 시작하려다가, 문득 료를 생각했다.

"어제 미안했어. 또 연락할게."

두 번째 전화를 걸었을 때, 그렇게 음성 메시지를 남겨두었다. 그 후로도 세 번 정도 더 전화를 했다. 그런데 모두 바로 음성사서함으로 연결되었다.

료한테 전화가 온 건 피클 쇼크 때 딱 한 번이었고, 메시지는 없었다. 이 한 번의 착신이 있었던 것과 없었던 것 사이에는 큰 차이가 있다. 료의 마음이 아직 내게서 떠나지 않았다는 증거라고 생각했다.

피클 따위가 뭐였나 싶다.

료가 훨씬 더 중요하잖아!

"그거야 당연한가. 안 돼 안 돼, 피클과 비교하면 안 돼. 괜찮아, 료는 어제 같은 일로 화낼 만큼 치사한 남자가 아니야. 괜찮아, 괜찮아, 괜찮아, 괜찮아."

염불을 외듯 중얼중얼 혼잣말을 계속하면서 나 자신을 납득시켰다.

오늘 밤 작업에 본격적으로 집중하기 위해 일단 휴대전화 전원을 껐다. 드디어 DEEP SEA 라이브가 내일로 다가왔다.

죽어도 성공시켜야만 한다.

#

라이브 당일. 아침에 일어나자마자 읽어본 링코의 운세는 어쩐지 불길한 내용이었다.

식물님…… 쓸쓸함이 느껴지는 하루.

건져도 건져도 손가락 사이로 흘러내리는 모래.

손바닥에 남은 것을 소중히 한다면

미래에는 상황이 역전될 수도?

날씨까지 쓸쓸했다. 아침에도 점심때도 하늘에 연한 먹물을 풀어놓은 듯 검은 구름이 낮게 깔려 있었다. 저녁이 가까워지자 눈이 조금씩 날리다가 이따금 비로 변하기도 했다.

문제는 날씨도 운세도 아니었다.

오늘 라이브 개장 시각은 저녁 7시. 공연은 7시 반부터 시작될 예정인데, 7시가 넘어도 DEEP SEA 멤버가 한 사람도 나타나지 않는 것이었다.

원래 5시까지 와서 리허설을 하기로 했는데……. 관객들이 벌써 속속 모여들기 시작했다.

"사쿠라 씨, 밴드 아직 안 왔어요?"

초조해진 스태프들이 몇 번이나 재촉했다. 나는 고개를 숙이면서 몇 번이나 몇 번이나 후유미, 슈스케, 류지에게 차례로 전화를 걸었지만 아무도 받지 않았다.

혹시 이쪽으로 오는 도중에 사고라도 당한 건 아닌지…….

혼자서 최악의 사태를 상상하니 구역질이 날 것 같았다.

"아직이야?"

기자재 세팅과 비디오 촬영을 도와주러 온 도시짱도 몇 번이나 내 옆으로 와서 불안한 얼굴을 했다. 1분 1초마다 위장 안에 뜨거운 모래가 쌓여가는 느낌이었다.

공연 15분 전.

아직도 DEEP SEA 멤버는 나타나지 않았다.

이제 정말 끝인지도…….

나는 라이브하우스 밖의 좁은 도로로 나와서 울상인 채로 슈스케에게 전화를 걸었다. 그러자 …… 〈여보세~요〉라는 슈스케의 나른한 목소리.

"뭐, 뭐야, 지금 어디 있어!"

〈사쿠라 씨 바로 뒤에요.〉

응?

돌아보니 DEEP SEA 세 사람이 이쪽으로 걸어오는 광경이 보였다. 나는 안심한 듯, 분노의 한계를 넘어선 듯 복잡한 기분이었지만 일단 소리쳤다.

"빨리!"

분장실로 그들을 밀어 넣는데 등 뒤에서 누가 부른다. 돌아보니 오늘 무대에 오르기로 되어 있는 다른 밴드의 보컬인 사와다 하루토였다.

"예전에 올 업에 계셨던 사쿠라 씨죠?"

부드러운 얼굴에 늘씬한 체격. 공터 한가운데에 외따로 핀 한 송이 민들레 같았다. 뭔가 할 말이 있을 것 같지는 않았지만, 그 눈에서 묘한 친근감을 느꼈다.

"네, 맞아요. 예전에 올 업 소속이었던 하루토 씨?"

하루토는 고개를 살짝 끄덕이며 수줍은 중학생처럼 웃었다.

그는 10년 정도 전에 올 업의 촉망받는 신인으로 화려하게 메이저 데뷔한 보컬리스트다. 그런데 싹을 틔우지 못하고 7년 전에 해고되고 말았다. 지금은 인디 밴드로 돌아가 라이브를 하거나 다른 가수에게 곡을 써주면서 다음 기회를 기다리고 있다. 그 당시 하루토를 그 악명 높은 에로듀서 이와미쓰가 관리했다.

"저기, 괜찮다면 우리가 먼저 할까요? 관객을 기다리게 하는 것도 좀 그렇고. 우리는 준비가 끝났으니까."

"앗, 저, 정말?"

행복의 한쪽 문이 닫히면 다른 쪽 문이 열린다더니.

"다나카 도시유키 씨한텐 예전부터 신세도 많이 졌고요."

"우와, 하루토 씨, 고마워요. 덕분에 살았어요. 그럼 부탁 좀 드릴게요."

나는 양손을 모으고 꾸벅 절하고는 스태프에게 사정을 설명하러 갔다.

#

예정 시각보다 20분 늦게 하루토의 무대가 시작되었다.

나와 DEEP SEA 세 사람은 분장실에서 최종 점검을 했다. 도시짱과 내가 밤새워가며 만든 라이브 한정 CD를 로비에서 판매한다는 소식은 마지막 곡에 들어가기 전에 후유미가 전하기로 했다.

이런 식으로 작은 부분에서라도 부지런히 벌어두지 않으면 가수도 회사도 금전적으로 힘들어진다.

"잘 부탁해, 후유미."

나는 애써 밝은 목소리로 말했지만, 왠지 후유미의 상태가 부자연스러워 보였다. 평소엔 라이브 시각이 가까워지면 스스로 집중력을 높여서 보는 사람이 전율을 느낄 정도로 신비한 아티스트의 모습으로 변신하는데, 오늘은 묘하게 불안해했다. 어쩌면 지각한 것 때문에 속상해서인지도 모른다.

나는 후유미에게 다가가서 다정하게 안아주었다. 후유미의 등이 긴장한 탓인지 딱딱하게 굳어 있었다.

"잘할 거야. DEEP SEA는 천재들이 모였으니까. 무대도 객석도 전부 후유미의 색깔로 물들여버려. 그리고 음악을 즐겨."

그녀의 등을 톡톡톡 세 번 두드렸다.

어릴 적 엄마는 겁이 많았던 나에게 '주문을 걸어줄게'라고 말하며 자주 이런 식으로 마음을 안정시켜주곤 했다.

지각한 이유는 라이브가 성공적으로 끝난 후에 물으면 된다. 지금은 무대에 온 힘을 쏟게 해줘야 한다.

"그럼 얼른 무대의상으로 갈아입고 있어."

나는 세 사람에게 말하고 하루토의 무대를 보러 가기로 했다. 분장실에서 무대 뒤의 어스레한 통로를 지나 객석 가장자리로 나왔다. 마침 다음 곡이 시작되려던 참이었다.

조명이 서서히 어두워진다.

객석은 고요하다.

노란색 스포트라이트 안에 하루토가 서 있다. 고개를 숙이고 눈을 감고 있다. 그리고 천천히 천천히 천장을 향해 얼굴을 들면서 어쿠스틱 기타를 연주하기 시작했다. 곡은 따듯한 여름비를 떠올리게 하는 그윽한 발라드였다.

땀이 타고 흐르는 하루토의 하얀 목.

그 목에서 일찍이 들어본 적 없는 종류의 목소리가 흘러나왔다. 올 업 시절과는 완전히 달랐다.

뭐지, 이건…….

나는 시각과 청각만 가진 존재가 되었다. 가슴 깊은 곳에서 신비로운 열을 느꼈다. 달콤한 듯 설레는 듯한 기분 좋은 열.

이윽고 그 열이 몸속 전체로 퍼져나갔고, 그와 함께 온몸이 떨리기 시작했다. DEEP SEA의 무대를 처음 봤을 때 느꼈던 감각과 똑같았다.

서포트 밴드의 연주도 인디치고는 퀄리티가 꽤 높았다. 그 연주에 하루토의 목소리와 독특한 색깔의 멜로디가 엉켜서 내 안의 심금과 부드럽게 공명했다.

이 하루토라는 아이, 왜 내쫓은 걸까? 아깝다…….

그렇게 생각한 순간 문득 뇌리에 떠오른 에로듀서 이와미쓰의 기름진 얼굴이 나를 현실로 밀어 넣었다.

분장실로 가봐야지……!

#

그날 DEEP SEA의 라이브는…… 최악이었다.

우선 후유미의 목소리에 혼이 실리지 않았다. 나는 첫 번째 곡이 시작되자마자 곧 그 이변을 깨닫고 객석 뒤에 있는 조정실로 뛰어들어 갔다.

"죄송한데, 보컬을 좀 높여주세요. 리버브도 넣어주실 수 있나요?"

엔지니어 중 한 사람에게 그렇게 부탁했을 정도다.

연주도 따로 놀고, 그냥 한마디로 말해 아마추어 같았다. 리허설이라 해도 봐줄 수 없을 만큼 심한 무대였다. 무대 인사도 엉성했고, 오늘을 위해 도시짱과 밤을 새워가며 만든 한정 CD 판매에 대해서도 후유미는 결국 한마디도 언급하지 않았다.

라이브가 끝난 후 나는 급히 분장실로 뛰어들었다.

"후유미, 어떻게 된 거야? CD 판매 이야기는 왜 안 했어?"

후유미는 고개를 숙인 채 입술을 깨물었다. 슈스케와 류지는 구석에 있는 파이프 의자에 앉아 이쪽을 보려고 하지도 않는다.

"이, 일단 빨리 로비로 가자. 사인도 하고 CD를 팔아야지."

후유미의 희고 가녀린 손목을 붙잡고 조금 세게 끌어당겼다.

"……해요."

"응?"

"죄송, 해요."

후유미는 갈라진 목소리로 그렇게만 말할 뿐 움직이려 하지 않았다.

"자, 잠깐. 모두, 왜 그래?"

가슴속에서 소용돌이치는 불길한 예감에 나는 침을 꼴깍 삼켰다. 등 뒤에서 웅성거리는 소리가 들리기 시작했다. 관객들이 로비를 빠져나가는 소리다.

"이유는 나중에 듣자. 여기 있도록 해."

나는 로비로 달렸다. 따로 부탁하지도 않았는데 도시짱이 로비의 간이 테이블 앞에 서서 CD를 판매하고 있었다. 그 옆에 대여섯 살 정도 되어 보이는 단발머리 소녀가 서서 "CD 사세요!"라고 외친다.

"도시짱, 미안, 기다렸지?"

"어? DEEP SEA 멤버들은?"

나는 어떻게 말해야 할지 몰라서 그저 고개를 옆으로 흔들기만 했다.

"어, 사람들 다 가버리겠네."

소녀가 나를 올려다보며 말했다.

"이 아이 누구?"

도시짱에게 물었다.

"먼저 무대에 올랐던 하루토 딸. 밋치라고 해. 우린 아주 친한 친구 사이야. 그렇지, 밋치?"

밋치가 도시짱을 보고 방긋 웃었다. 도시짱은 하루토가 올업 소속이었던 시절부터 레코딩 작업을 도맡아왔다. 오늘도 도시짱이 초대해서 하루토가 온 거였다.

"스미레, 일단 팔 수 있는 만큼 팔아보자."

"응, 으응."

나는 밖으로 나가는 관객들을 향해 소리치기 시작했다.

"지금 로비에서 DEEP SEA 라이브 한정 CD를 판매하고 있습니다!"

도시짱도 밋치도 함께 소리를 질러주었다.

관객들은 불어난 강물처럼 출구를 향해 출렁출렁 흘러갔다. 역시 여기에 DEEP SEA 본인들이 없으면 빠져나가는 관객들의 발걸음을 멈출 수 없다. 게다가 수준이 높아진 관객들은 오늘 DEEP SEA의 음악에 대해 '돈을 지불할 가치 없음'이라는 판단을 내렸을 게 분명하다. 그래도 우리 세 사람은 쉬지 않고 소리를 질렀다.

'라이브는 별로였어도 이 CD는 정말이지 최고라고요!'

이렇게 소리치고 싶었다.

'부탁이에요, 이 CD를 한 번만이라도 들어보세요!'

등을 돌리고 멀어져가는 관객 한 사람 한 사람을 붙들고 호소하고 싶은 심정이었다.

15분쯤 지나니 사람들이 모두 빠져나갔다. 며칠 밤을 새우면서 필사적으로 만든 80장의 CD 중 고작 여섯 장이 팔렸다.

"러키세븐까지 한 장 남았는데, 아깝다……."

도시짱이 한숨을 내쉰 후 농담을 하며 쓴웃음을 지었다. 그 모습을 본 밋치도 애석한 얼굴을 했다.

"아~아, 아깝다."

"아, 맞다, 밋치. 슬픈 일 뒤에는 반드시 좋은 일이 있단다. 내 손 잘 봐. 간다……!"

"응? 응."

"지금은 손에 아무것도 없지만, 뒤집으면…… 호이!"

"우와아!"

환호성을 지른 건 밋치가 아니라 나였다. 밋치는 어리둥절한 표정으로 입을 떡 벌리고만 있다. 어디에서 나왔는지 도시짱의 손에 미니 초콜릿이 놓여 있는 것이다.

도시짱, 마술도 부릴 줄 알다니…….

"자, 선물."

"감사합니다!"

초콜릿을 입에 넣은 밋치는 무척 행복해 보였다. 그 모습을 보던 도시짱도 기쁜 듯 웃었다.

나도 이런 마술을 부려서 산더미처럼 쌓인 CD를 없애고 '완판'으로 만들 수만 있다면 얼마나 좋을까.

오늘 라이브는 대실패에 엄청난 적자였지만, 사장으로서 현실을 받아들이고 조속히 다음 대책을 생각해야 한다. 하지만 한 사람의 인간으로서는 이곳에서 당장 도망치고 싶었다.

열심히 도와준 도시짱에게 '미안해'라고 말하지 못하는 자신이 답답했다. 말하면 다정한 위로가 돌아올 것 같았다.

그러면 아마도 울어버릴 확률이 200%.

나는 입을 꾹 다물고 뒷정리를 시작하기로 했다. 그 전에 웅크리고 앉아 밋치에게 눈높이를 맞추고 말했다.

"밋치, 도와줘서 고마워. 자, 이 CD 선물. 이걸로 러키세븐 달성. 아빠가 걱정할지도 모르니, 도시짱한테 분장실로 데려다달라고 할까?"

"응, 스미레 언니, 바이바이!"

밋치는 싱긋 웃으며 도시짱과 사이좋게 손을 잡고 분장실 쪽으로 사라졌다. 나는 그 자그마한 등을 바라보다가 우울한 한숨을 내쉬었다. 갑자기 로비 조명이 반쯤 어두워진다. 어스레한 노란 빛 속에서 나는 혼자가 되었다.

팔리지 못하고 쌓여 있는 CD.

최고로 멋진 음악을 만들었는데…….

더 이상 보고 싶지 않아서 냉큼 차에 실어버리기로 했다.

CD를 상자에 넣고 끌어안는다. 크게 숨을 들이마신 후 일부러 과장스럽게 "휴우" 하고 한숨을 내쉬었는데, 안고 있던 CD 재킷 위에 눈물방울이 뚝, 뚝, 나란히 두 개 떨어졌다.

어? 뭐야. 이러면 안 되지.

웃어야 돼. 웃자.

나는 스마일뮤직 사장이잖아.

입꼬리를 올리고 억지로 웃어보았다.

행복하니까 웃는 게 아니라, 웃으니까 행복이 찾아온다

꼭 이럴 때만 아버지의 메시지가 떠오른다.

골판지 상자를 안은 채 유리문을 등으로 밀어서 열고 밖으로 나왔다. 눈 섞인 차가운 비를 맞으며, 조금 떨어진 곳에 있는 코인 주차장으로 걸었다.

지금 내 볼에 흐르는 건 빗물인 거다. 빗물.

#

DEEP SEA 세 사람을 데리고 가까운 술집에 들어간 것은 밤 12시가 넘은 시각이었다. 기자재와 남은 CD가 실린 차는 도시짱에게 타고 가달라고 부탁했다. 애당초 도시짱이 제공한 차이기도 했으니까.

나는 상냥한 점원에게 생맥주를 사람 수대로 주문했다. 평소라면 이때부터 새벽까지 화기애애하면서도 진지한 분위기 속에서 반성회 겸 뒤풀이를 하겠지만, 오늘은 달랐다. 맥주가 나오자마자 후유미가 소리 죽여 울기 시작했다.

"슈스케, 리더로서 오늘 일에 대해 사실대로 이야기해볼까?"

나는 배에 힘을 주고 위엄 있는 목소리로 말했다.

슈스케가 건배도 하지 않고 맥주를 들이켰다. 류지는 벽에 등을 기댄 채 휴대전화로 메시지를 보내기 시작했지만 나는 아무 말도 하지 않았다.

단번에 반 정도 비어버린 맥주잔을 테이블에 난폭하게 내려놓은 슈스케가 이쪽을 힐끔 쳐다본다. 나는 그 시선을 잡고 놓지 않았다.

"말해봐."

"아아, 이제 귀찮아 죽겠으니 까놓고 얘기할게요."

슈스케가 내뱉듯이 말했다.

까놓고?

내 심장은 이미 '두근두근'을 넘어 뜨거운 살덩어리로 변해 있었다. 등 전체가 떨려오는 듯한 느낌이 들었다. 사형선고를 받을 때 이런 기분일지도 모른다는 생각을 했다. 나는 자궁에 힘을 주고 그 공포를 견디며 슈스케의 눈을 계속 응시했다.

"뭐랄까, 지난 1년간 우리 실력도 업계에는 꽤 많이 알려졌어요. 물론 사쿠라 씨 덕분이라고 생각하긴 해요. 하지만 우리한테도 장래가 있잖아요. 언제까지 아르바이트만 하고 살아야겠습니까?"

후유미가 고개를 숙인 채 노란 물수건으로 눈물을 닦았다.

"그래서? 설마 아르바이트하기 싫어서 음악을 그만두겠다는 말은 아니겠지?"

"그만두지 않아요. 이제야 재능을 인정받기 시작했잖아요. 그런데……."

그런데?

목이 꽉 조이는 듯 숨이 막혔다. 그다음은 듣고 싶지 않았다. 그런데도 내 입술이 제멋대로 다음을 재촉한다.

"그런데, 뭐?"

"그러니까……."

거기서 슈스케가 말을 멈추고 침을 꿀꺽 삼키더니, 잠시 후 내가 죽어도 듣고 싶지 않은 말을 내뱉었다.

"우리, 소속사 옮길 거예요."

후유미가 "흐윽" 하고 울음을 터뜨린다.

"아~아, 드디어 말했네……."

류지는 남 일처럼 중얼거리면서 맥주를 마시기 시작했다.

그 자리에 얼어붙은 건 나 혼자뿐이었다. 무슨 말이라도 해야 하는데……라고 생각은 했지만 머리가 따라오지 않았다.

후유미, 그래, 후유미만이라도…….

"저기, 후유미, 거짓말이지? 아니, 그러니까……."

류지가 내 말을 막았다.

"이제, 계약 기간 끝났잖아요, 우리."

"응? 계약이라니?"

"지난달 말에, 일단 스마일뮤직과의 1년 계약은 끝났어요. 그러고는 연장 안 했거든요. 우리는 프리였어요."

프리였다? 였다……라니?

"자, 잠깐만. 미안, 나, 이번 달에 연장하려고 생각은 했었는데, 너무 바빠서. 라이브랑 레코딩 준비에 쫓겼다는 거, 다 알잖아?"

세 사람을 차례차례 둘러보았다.

아무도 말을 하지 않는다.

"오늘 계약하고 왔어요."

슈스케가 씁쓸한 표정으로 말하고 맥주를 또 들이켰다.

"어……."

할 말을 잃은 나를 보고 류지가 담담한 표정으로 이야기했다.

"지각한 것도 그 때문이에요. 이와미쓰 씨라고, 아시죠? 올 업 PD를 만나서 계약에 관한 설명을 이것저것 듣고 바로 사인하고 왔어요. 우리가 미계약 상태라는 걸 알고 연락했더라고요. 뮤지션으로서의 실력을 높이 사주셔서 기뻤어요. 우리가 올 업에서 크게 성공하면 사쿠라 씨한테도 은혜를 갚을 수 있을지도 모르잖아요."

"정말로, 진짜 미안한데요, 응원해줬으면 좋겠어요. 그게 우리의 솔직한 심정입니다."

말하는 사람이 류지에서 슈스케로 어느새 바뀌어 있었다.

척추에서 힘이 다 빠져나가버린 것 같았다. 주위 손님들의 아우성이 머나먼 별세계의 소리로 들렸다. 슬픔이나 괴로움 같은 감정조차 느껴지지 않았다. 그저 허탈했다. 그래도 가까스로 입은 움직일 수 있었다.

"후유미도, 그러길, 원해……?"

한 가닥 희망. 그녀의 하얗고 여린 목이 가늘게 떨렸다. 그 아리따운 입술에서는 희미한 오열만 흘러나왔다.

슈스케가 그녀를 대신해서 말했다.

"모두 같이 결정한 일이라서요……. 후유미도 죄책감은 느끼고 있습니다."

모두 '같이', 결정한 일……? 그 '모두'에 내가 들어 있지 않았다는 사실을 깨닫고 그제야 나는 깊이 절망했다. 온몸의 세포마다 검은 슬픔이 가득 차올라 하나씩 허물어질 것만 같았다.

웃어야지. 웃자…….

가슴 깊은 곳에서 목소리가 들린 듯하여 억지로 입꼬리를 올려보았다. 그러나 이제 한계였다. 나는 노란 물수건을 양손으로 잡고 눈을 꾹 눌렀다. 소리만은 내지 않았다.

"사쿠라 씨도 우는구나……."

슈스케가 툭 한마디 내뱉었다.

#

다음 날 아침. 커튼 틈으로 쏟아져 들어오는 빛의 색깔로, 지금 바깥 세상은 맑은 겨울날이라는 걸 알 수 있었다. 나는 나만의 성역에서 회사로 출근하기를 몇 번이나 망설였지만 역시 출근하지 않을 수 없었다.

냉장고에 있는 미네랄워터도 마시고 싶고, 이도 닦고 싶고, 샤워도 하고 싶다. 일상생활에 필요한 기능은 모두 회사 쪽 방에 있으니, 출근하지 않으면 살 수도 없는 것이다.

잠옷 차림으로 문을 열고, 출근했다.

생리적 욕구를 해결한 다음, 느릿느릿 노트북을 열었다. DEEP SEA 레코딩을 위해 예약해둔 스튜디오와 서포트 멤버 앞으로 취소 메일을 보냈다.

뜻하지 않게 DEEP SEA 앨범 제작이 보류되었습니다.

일부러 시간을 내주셨는데 큰 폐를 끼치게 되어

대단히 죄송합니다. 다시 연락드리겠습니다.

오랫동안 알고 지내온 동료들은 이해해주겠지만, 스튜디오에는 거액의 위약금을 지불해야 하리라. 뼈아픈 지출이 될 것 같았다. 레코딩 엔지니어를 부탁했던 도시짱에게는 메일 끝 부분에 '나, DEEP SEA한테 버림받았어'라고 솔직하게 적었다.

커피를 내리고 링코가 올린 운세를 확인한다.

식물님…… 크고 작은 실수나 착각에 주의.

하반신 운동을 하면 혈액순환이 좋아지니 운세도 상승!

하반신 운동이라…….

그렇지. 하반신. 그래, 그래.

나는 미사키에게 전화를 걸었다.

"안녕, 스미레, 오랜만이야."

통화는 곧 연결되었다. 고민이 있을 때마다 상담하는 친구라서 무심코 어제까지 있었던 일을 종알종알 털어놓을 뻔했지만 꾹 참았다.

"저기, 미사키. 에로듀서 오늘 스케줄이 어떻게 되는지 좀 가르쳐줄래?"

"응? 왜 갑자기? 무슨 일 있어?"

"일단 부탁 좀 하자. 화이트보드 보고 좀 알려줘."

"얘는, 뭐야 갑자기. 잠깐만 기다려. ……오후 1시 출근이라고 적혀 있네. 대체 뭔데 그래?"

1시라. 좋았어. 시간은 충분해.

"미사키, 오늘 저녁에 시간 돼?"

"링코 집에서 술 마시기로 했어. 겨우 마감에 맞춰서 넘겼다나 봐. 스미레도 올래?"

"응, 갈게. 몇 시?"

"일단 회사 끝나고 7시쯤이라고 말해뒀어. 스미레랑 만나는 거 오랜만이니까 링코도 좋아하겠다."

"고마워, 그럼 저녁에 봐."

나는 그렇게 말하고 전화를 끊었다.

하반신 운동이라. 링코, 오늘도 멋진 조언이야.

#

점심시간의 아카사카赤坂는 식사하러 나온 샐러리맨으로 넘쳐났다. 나는 올 업의 예전 동료들에게 들키지 않게끔 선글라스에 모자를 쓰고 회사 현관이 보이는 가로수 끝에 앉아 있었다. 왼손에는 치즈버거가 있다. 마침 입안에서 피클을 발견한 행복한 순간에 표적은 나타났다.

에로듀서, 이와미쓰다.

나는 치즈버거를 손에 든 채 달려갔다. 표적 뒤에 바짝 붙어 귀여운 목소리로 부른다.

"이와미쓰 씨."

표적이 흠칫 놀란 얼굴로 뒤돌아보았다. 나는 치즈버거를 들고 있지 않은 손으로 선글라스와 모자를 벗었다.

"사, 사쿠라……."

나는 '최고의 스마일'을 지어 보였다.

"오랜만에 찾아뵙네요. 엄청나게 건강해 보이세요."

이와미쓰가 늘어진 턱살을 출렁거리며 몇 번이나 고개를 끄덕이다가 조금 새된 목소리로 묻는다.

"아, 그, DEEP SEA, 때문에, 찾아왔나?"

나는 최고의 스마일을 유지한 채 대답은 하지 않았다. 이와미쓰는 잠시 멈칫했지만, 애초에 눈곱만큼도 없는 위엄을 내세워 보려는 건지 구부정했던 허리를 꼿꼿이 세우고 자세를 가다듬었다.

"아, 그 밴드는 재능이 있어. 이쪽에서 데뷔시키는 게 그 아이들을 위해서도 좋아. 자네도 그렇게 생각하지?"

나는 여전히 입을 다물고 있었다. 최고의 스마일을 입술에 담은 채.

"뭐, 뭐야. 불만 있어? 말해두지만, 법률상으로는 아무 문제없어. 계약도 정확하게 했고. 도, 도대체, 자네는, 어디서 여자가 감히 회사까지 만들고……."

나는 스마일 입모양 그대로 약간 고개를 기울였다. 건조한 겨울바람이 머리카락을 기분 좋게 흔들었다. 입이 찢어져도 '여자가 감히'라는 말은 하지 않을 료를 생각했다.

그 이후로 한 번도 연락이 닿지 않았는데.

"뭐, 뭐야……. 그럼, 사쿠라, 자네, 다시 우리 회사에 들어올 텐가? 윗선에 내가 한번 말해보지. DEEP SEA를 그만큼 키운 실적은 인정받을 수 있을 거야."

나는 이 세상에서 가장 귀여우리라 믿는 스마일을 만들어 보였다.

"음?"

이와미쓰의 두툼한 입술이 추하게 일그러졌다.

어쩐지, 웃은 모양이다.

"내 밑에서 조수로 일할래? 자네가 그럴 마음만 있다면 내가 예뻐해주지."

'그럴 마음'이라는 단어와 '예뻐해주다'라는 단어에서 이 남자다운 추잡함이 느껴졌다.

이제 슬슬 시작해볼까?

"이와미쓰 씨, 죄송합니다. 이거 잠깐만 들고 있어 줄래요? 절대 떨어뜨리면 안 돼요."

그렇게 말하면서, 먹다 남은 치즈버거를 억지로 떠맡겼다.

선글라스를 끼고 모자를 깊이 눌러쓴다.

이와미쓰는 멍하니 서 있다.

"퓨."

왼발을 바깥쪽으로 비틀면서 앞으로 내밀고.

"응?"

"울."

상반신도 왼쪽으로 완전히 비틀고.

"뭐……?"

"립!"

무릎 조금 위. 허벅지 근육이 시작되는 부위.

간다!

"허, 허거어어억!"

에로듀서가 보는 나까지 한심해질 정도로 괴상망측한 비명을 지르면서 왼쪽으로 고꾸라진다.

"아~아, 치즈버거 떨어뜨리지 말라고 그렇게 말씀드렸는데."

뭐, 됐다.

피클은 먹었으니.

이와미쓰는 아파서 몸부림치다가 왼쪽 다리를 양손으로 누르고 애벌레처럼 꾸물꾸물 땅을 기었다.

"이와미쓰 씨. 나의 DEEP SEA를 아무쪼록 잘 부탁드리겠습니다!"

나는 모자를 벗고 최대한 깊이 머리 숙여 인사했다.

발길을 획 돌리고 모자를 다시 눌러쓴다.

오늘 임무, 완료.

지하철역을 향해 걸었다. 점심을 먹고 종종걸음으로 돌아오는 샐러리맨의 흐름. 그 흐름을 거스르며 성큼성큼 걸었다.

지금 내 기분.

울고 싶은 기분이 반. 웃음을 터뜨리고 싶은 기분이 반.

눈물은 이미 조금 흘렸지만.

어차피 마찬가지라면…….

파란 겨울 하늘을 바라보며, 스마일이다.

#

그날 밤은 갑자기 추워져서 별들이 반짝반짝 소리를 낼 것처럼 빛났다. 도쿄에서도 이런 밤하늘을 볼 수 있다는 게 놀라워서, 길모퉁이에 멈춰 서서 올려다봤을 정도다.

나는 별이 가득한 하늘에서 받은 감동의 여운을 안은 채 주류백화점으로 들어가 조금 비싼 레드와인을 사서, 다카다노바바高田馬場에 있는 링코의 아틀리에 겸 아파트로 달려갔다. 약속했던 저녁 7시보다 15분이나 일찍 도착했는데도 미사키는 이미 와 있었고, 나를 보자 아저씨처럼 캔맥주를 치켜들며 외쳤다.

"어서 오게. 먼저 한잔했네."

고타쓰 위에는 토핑이 다양한 배달 피자와 세븐일레븐 어묵탕, 치즈랑 가키피('감씨과자'라고 알려진 일본의 대표적인 과자. 매운 감 씨 모양의 과자 속에 땅콩이 섞여 있다—옮긴이), 과자 따위가 펼쳐져 있다. 링코는 아식스 운동복 차림이고, 미사키는 링코에게 빌린 편한 옷에 솜을 넣은 방한용 잠옷을 걸쳤다. 아무리 봐도 우아한 30대 독신녀들의 술자리 같지는 않아서 자꾸 웃음이 나왔다.

오랜만에 셋이 모여 캔맥주로 건배!

꿀꺽꿀꺽, 어른의 쾌감을 맛보자마자 두 사람의 시선이 나에게로 향했다.

"스미레, 대체 뭐가 어떻게 된 거야? 이 언니한테 찬찬히 털어놔봐."

미사키가 무게 있는 목소리로 말하니, 어마어마하게 술이 센 링코도 맥주를 손에 쥔 채 눈을 번뜩이며 바짝 다가와 앉는다.

"사실은 말이야……."

나는 긴자에서 의식을 잃고 쓰러진 일부터 어제까지 있었던 일련의 사건을 하나하나 자세히 들려주었다.

그동안 미사키는 응응 하고 고개를 끄덕이면서 가만히 나를 응시했고, 링코는 내가 들고 온 와인을 맥주처럼 꿀꺽꿀꺽 마시면서 이따금 눈물을 글썽였다. 이야기 후반부에 접어들자 미사키의 눈이 묘하게 날카로워지면서, "이와미쓰, 이 변태 영감탱이. 나한테 한번 맞아볼 텐가!" 하고 벌떡 일어서는 바람에, 내가 "됐어, 됐어, 됐어"라고 오히려 미사키를 달래야 했다.

이야기를 마무리하기 위해 오늘 낮에 있었던 튜울립 사건에 대해 들려주니 두 사람이 바닥을 뒹굴며 폭소를 터뜨린다. 나로서는 '위로'를 기대했지만 이렇듯 너무나 즐거운 분위기가 만들어지는 바람에, 그냥 이걸로 됐다 싶은 기분이 들었다.

너무 웃어서 눈물이 글썽해진 두 사람이 조금 안정을 되찾았을 때 링코가 눈을 반짝반짝 빛내며 이렇게 말했다.

"그래서 결국 료 씨랑은 어떻게 됐어? 도시짱이랑 마주친 후에 연락은 된 거야?"

"아직. 몇 번이나 걸었는데 안 받아."

"오지도 않고?"

미사키가 묻는다.

"오늘은, 안 왔어……."

우리 세 사람 사이로 웃을 수 없는 공기가 흘렀다.

"그래도 어제는 왔지?"

이번엔 링코가 묻는다.

"라이브 날이라 내가 전원을 꺼뒀어."

"메시지는?" 하고 묻는 미사키.

"없어. 그저께 딱 한 번 왔었는데."

"그 후로는 없단 말이지……"라는 링코.

웃을 수 없는 공기가 이제 말할 수 없는 공기로 바뀌었다.

한동안 셋 다 아무 말 없이 와인을 마셨다.

침묵을 깬 건 링코였다.

"좋아. 오늘은 스미레를 위해 특별히 500엔에 점을 봐주지."

"너, 이 상황에서 스미레한테 돈을 받아?"

"나는 프로거든."

"네~네."

나는 대답과 동시에 지갑에서 500엔짜리 동전을 꺼내어 링코에게 건넸다. 링코가 히쭉 웃으며 아틀리에로 이용하는 옆방에서 수상한 카드를 가지고 왔다. 타로와는 또 다른 기묘한 무늬가 그려져 있다. 테이블 위는 이미 복잡하여, 링코는 바닥에 스누피가 그려진 방석을 깔고 그 위에 카드를 펼쳤다. 양손으로 원을 그리듯 섞기 시작한다.

빙글빙글 빙글빙글 빙글…….

그때 링코의 얼굴을 보고 나는 할 말을 잃고 말았다.

반쯤 벌어진 입. 흰자위만 보이는 눈. 미간에는 깊은 주름.

"자, 잠깐, 링코, 뭐야? 그 얼굴. 무서워, 그러지 마."

"시끄러워. 지금 저세상이랑 교신 중이니 조용히 해!"

나는 미사키와 마주 보며 입을 다물었다.

몇 초 후, 링코의 눈에 눈동자가 돌아왔다. 평소의 발랄한 아가씨 얼굴이 되어 카드를 한곳으로 모으더니 나더러 다섯 장을 고르게 했다. 골랐더니 "그 카드들을 가로로 줄 세워봐"라고 주문한다. 거목의 굵은 줄기에 (안색이 좋지 않은) 얼굴이 그려진 카드가 있기에, '식물'인 나는 그걸 한가운데에 두었다. 다른 건 대충 놓았다.

"으~음……."

다섯 장의 카드를 넋을 잃고 보던 링코가 집게손가락을 관자놀이에 대고 신음한다.

"어때? 좋아, 나빠?"

내 물음에 링코가 장난스러운 미소를 짓는다.

"괜찮네. 료 씨랑 조만간 화해할 거야. 네 고향 시즈오카에 가서 잠시 쉬다 오는 게 좋을 것 같아. 그러면 일의 흐름도 좋아진다고 나와."

"오오오. 좋은 계시네."

"응……."

이 점괘라면 500엔을 투자한 보람이 있다. 나는 일단 가슴을 쓸어내렸다. DEEP SEA를 잃은 지금 료까지 떠난다면, 어떻게 살아야 할지 모르겠다.

"그런데 링코, 너 남자들 앞에서도 그런 얼굴로 점을 봐주는 거야?"

"설마아. 상대가 남자라면 정확히 봐주지 않지. 하는 척은 하지만. 결과는 하나밖에 없거든."

"하나라니, 뭔데?"라고 묻는 나.

"'지금 당신 눈앞에 있는 여성이 바로 운명의 상대입니다'라고 나오네요. 뭐, 이렇게."

"윽, 그건 사기잖아!"

"사기가 아니라 서비스라고 말해줘. 서비스니까 돈은 제대로 받고."

"이 완전 마녀……."

미사키가 한마디 하면서 쓴웃음을 짓다가 덧붙였다.

"그래, 스미레. 점괘도 좋았으니 지금 료 씨한테 전화해봐."

그러면서 내 가방에 있는 휴대전화를 멋대로 꺼내어 쑥 내민다. 갑작스럽지만, 뭐 나쁘지는 않다.

"그럴까? 오늘 술 취해서 전화하는 거 깜빡하면 또 내일까지 목소리 못 들을 테니."

휴대전화를 들고 당장 전화하려는데…… 부재중 전화 한 건과 메시지 하나. 전화를 건 상대는 료였다.

"앗, 료한테 전화가 왔었네!"

"거 봐, 내 점괘는 정확하다니까."

"얼른 걸어봐."

"응, 메시지부터 확인하고."

메시지 발신인도 료다.

"앗, 메시지도 료가 보냈네!"

나는 하늘에라도 오를 듯한 기분으로 메시지를 열었다가…… 순식간에 지옥 밑바닥으로 떨어졌다. 앉아 있다가 뒤로 벌러덩 쓰러지는 나를 보고 두 사람이 고개를 갸웃한다.

"왜 그래, 스미레. 뭐라는데?"

"……."

'바이바이'라니, 무슨 뜻이지?

"스, 스미레?"

미사키가 걱정해주고 있다. 무슨 말이든 해야 한다.

"차였어, 나……."

"어? 설마. 아, 아니지?"

되묻는 미사키.

"엇, 내 점괘가 틀렸다고?"

되묻는 링코.

위험해. 나, 이제, 죽고 싶다는 생각까지 들어…….

다음 순간, 나는 미사키에게 꼭 안긴 채 내 모습이 어떻게 되든 개의치 않고 꺼이꺼이 울면서 링코에게 500엔을 돌려달라고 떼썼다.

"점괘랑 정반대 결과가 나온 건 처음인데…… 이상하다, 제대로 교신했는데."

링코도 곧 500엔을 돌려주긴 했지만 중얼거리며 내 휴대전화를 들고 멋대로 메시지를 읽었다. 그러더니 혼잣말을 했다.

"맞네, 이건, 이별 통보……."

#

두 친구의 위로를 힘겹게 받아들여 가까스로 눈물샘을 막을 수 있었던 나는, 술이 세지도 않으면서 뜨거운 물로 희석한 소주를 벌컥벌컥 마셔댔다. 링코가 "아껴뒀던 소주 딸 테니까 힘내"라면서 꺼내온 환상의 술이었다. 하지만 나는 소주 맛이 어떤 건지 애당초 잘 모른다.

두 잔째에 벌써 뇌가 달콤하게 녹아버린 나는 테이블 위의 가키피를 집어 먹으며 난생처음 술주정이라는 걸 부려보았다.

"도대체, 인생이라는 게, 뭐야~?"

"스, 스미레, 괜찮아?"

미사키가 걱정한다.

"괜찮지 않은데, 괜찮다고 말할 수밖에 없어. 이 가키피, 매운 감 씨에 그걸 맛있게 중화시켜줄 땅콩도 같이 들어 있잖아. 그런데 말이야, 왜 내 인생에는 매운 감 씨밖에 없는 거야? 가키피만도 못한 인생이야? 너무하잖아."

"이번에는 일도 연애도 감 씨였네. 이왕 이렇게 된 거, 이참에 감 씨를 모조리 먹어버리자."

알코올 탓에 눈물이 더 글썽해진 링코가 내 등을 문지르며 말했고, 그 대사를 미사키가 이어받았다.

"그래. 그러면 이제 남는 건 땅콩밖에 없어. 스미레, 앞으로는 맛있는 일만 있을 거야. 연애도, 일도."

연애와, 일. 나는 휘청거리는 머리로 생각했다.

"만약에 연애랑 일 중에 한쪽을 매운 감 씨로 선택해야 한다면…… 어느 쪽으로 할래?"

남자를 덥석덥석 먹어치우는 악녀 링코는 당연하다는 듯 대답한다.

"연애는 쓰라려도 정말로 좋아하면 노력하게 되지만, 일은 맛있지 않으면 계속하기 힘들잖아."

한동안 연애에서 물러났던 미사키는 반대였다.

"진짜? 나는 일은 힘들어도 원래 그런 것이려니 하며 참을 수 있을 것 같아. 하지만 연애는 아무래도 맛있어야지."

두 사람의 눈이 나를 향했다.

"나는…… 어떨까? 료를 희생시키고 일만 했어. 사랑은 계속 땅콩일 거라 생각한 걸까?"

"러브 & 피넛이라……."

미사키가 절절한 목소리로 중얼거리니 모두 시선을 멀리로 보낸다.

서른이 넘은 우리 싱글녀들의 행복은 어디서 찾아야 할까?

셋이 나란히 숙연한 표정을 짓고 있는데 내 휴대전화로 또 메시지가 왔다. 아무것도 기대하지 않고 열어보니…… 역시 기대하지 않길 잘한 메시지였다.

그렇다, 아버지가 보낸 시.

죽고 싶다 해도 죽을 수 없다
살아 있는 것만으로 행복하다는 진실을
영혼이 알기 때문

절망의 뒷면을 양손으로 더듬어보면

반드시 있다

반짝반짝 빛나는 분실물

아아, 시간은 아무 말 없이 흔들흔들 흘러간다

"또 '흔들흔들'이네. 분실물은 경찰서에서나 찾으라고!"

나는 한마디 내뱉은 후에 두 사람에게도 보여주었다.

"우리 아빠 우습지?"

웃을 거라고 기대했는데 의외로 두 사람은 진지하게 받아들였다. "스미레 아버지 철학적이다"라거나 "응, 내 점괘가 맞네. 시즈오카에 다녀오는 게 좋겠다"라고 말하며.

"어쨌든, '흔들흔들'은 좀 이상하지 않냐?"

"뭐, 흔들흔들은 없어도 되겠네."

"응, 없는 편이 더 아름답겠다."

내가 대답을 강요하니 둘 다 고개를 끄덕이며 킥킥 웃고 동조해주었다.

이때 나는 절실히 느꼈다.

미사키와 링코. 두 사람은 나의 피넛이라고.

제3장 이름의 의미

완행열차만 서는 외진 역.

내리는 사람은 나뿐이었다. 선로 저편에 우뚝 솟은 황량한 겨울 산에서 흙냄새를 품은 맑고 차가운 바람이 휘익 불어왔다. 나는 목도리를 단단히 감아야 했다.

전철이 다시 덜컹덜컹 역에서 빠져나가는 광경을 보며 허름한 플랫폼을 홀로 걸었다. 군데군데 균열이 나 있고, 그 틈으로 자라난 키 작은 잡초 하나가 보였다. 왠지 신경이 쓰여서 자세히 봤더니, 귀여운 하트 모양 잎을 겨울 하늘을 향해 펼치고 있었다.

개찰구를 나와서 역 앞 상점가로 향한다. 내가 고등학생이 된 해부터 서서히 활기를 잃기 시작하더니 지금은 셔터가 내려진 가게가 오히려 더 많다. 하굣길에 자주 들렀던 자그마한 식료품 가게도 녹슨 회색 셔터로 꽉 닫혀 있다. 언제나 싱글벙글 웃으며 가게를 지키던 그때 그 시절 그 아주머니는 지금 어떻게 지내고 계실까…….

쓸쓸한 상점가를 빠져나가자 풍경이 확 트인다.

정면에 잔잔한 군청색 공간이 펼쳐졌다. 스루가駿河 만이다. 나는 왠지 걸음이 빨라져서 물가를 따라 뻗은 도로 쪽으로 바삐 걸었다.

삐이이, 휴루루루루루~~~.

높은 겨울 하늘에서 둥실둥실 상승기류를 타고 조용히 선회하는 몇 마리의 솔개들. 그 작은 실루엣에서 경쾌한 음표가 쏟아져 내린다.

도로에 이르러 신호 없는 횡단보도를 건넜다.

해변으로 연결되는 계단을 내려가서 운동화를 신은 채 하얀 모래사장 위에 선다. 사람 하나 보이지 않는 한산한 곳이었다.

지금 이 바다는 오롯이 내 것이다.

나는 천천히 물가로 다가갔다.

겨울 해변에 다양한 표류물들이 밀려와 있었다. 대부분 유목이나 쓰레기였지만 여전히 사용해도 될 것 같은 장난감이나 그릇도 있고 옷장 같은 가구까지 있었다.

문득 발밑에서 유리구슬 하나가 푸른빛으로 신비롭게 빛났다. 아이가 주웠다면 좋아했을 것이다.

그러고 보니 나도 어릴 때 종종 이 무수한 표류물 속에서 '보물'을 찾으며 놀곤 했던가?

잔물결의 바다 거품이 터지는 쏴아 하는 소리에, 즐겨 마시던 크림소다를 떠올렸다.

어깨를 짓누르는 여행 가방을 흰 모래 위에 털썩 내려놓고, 양손을 하늘을 향해 뻗고 기지개를 켰다. 겨울 오후 햇살이 수면에서 하늘하늘 흔들리고, 얕은 여울에서 숭어가 퐁당 튀어 올랐다.

원래는 이 바다 너머로 후지산이 보인다. 하지만 오늘은 숨어 있다. 하늘은 맑아도 대기에 수분이 많아 옅은 안개가 낀 모양이었다.

나는 맑은 공기를 폐로 힘껏 세 번 빨아들였다가 다시 토해 냈다. 2년 만에 맞는 바닷바람이 세포 구석구석까지 들어와 도시에서 쌓인 침전물을 씻어내줄 것만 같았다.

자, 이제 가볼까?

가방을 다시 어깨에 메고 도로로 올라가서 남쪽을 향해 걸었다. 료와 함께 걸었을 때처럼 풍경을 음미하며 천천히 발을 옮겼다.

이 길은 산책하기에 좋다. 옆 마을까지 가는 동안 오른쪽은 계속 바다이고 왼편으로는 숲이 이어진다. 옛날보다는 조금 차가 많아졌지만, 그래도 아직은 기분 좋은 시골길이다.

풍화되어 표정이 밋밋해진 지장보살 앞을 지나 몇 십 미터쯤 가면 마을의 수호신을 모신 숲이 나온다. 어릴 때 자주 이 숲과 신사 경내를 오가며 뛰어놀곤 했다.

그 신사로 이어지는, 낮에도 어둑어둑한 돌층계를 올려다보았다. 울창하게 자란 상록수들. 그 가지와 잎 사이로 벌꿀색 햇빛이 뚝뚝 떨어져 돌계단에 얼룩을 만들어놓았다. 무척 고혹적인 풍경이다.

나는 마음이 이끄는 대로 돌층계를 오르고 이끼 낀 돌기둥을 지났다. 바닥에 쌓인 마른 잎 냄새로 공기가 향기로웠다. 달콤한 겨울 숲 냄새다.

배례拜禮전 앞에 섰다. 지갑에서 5엔짜리 동전을 꺼내서 불전佛錢함에 던져 넣고, 두 번 절하고 두 번 박수 치고 다시 한 번 더 깊이 절했다.

으음……. 신이시여, 여러 의미로 좋은 인연을……

아무튼 진정으로 웃을 수 있는 날이 또 오기를.

가능하면 되도록 빨리 부탁합니다.

마음을 담아 소원을 빌고 신사를 나왔다.

다시 해변 길을 남쪽을 향해 10분 정도 걸었다.

어협이 있는 작은 항구를 지나면 아담한 마을이 나온다. 추억이 깃든 원통형 우체통 뒤로 격자창을 낸 집들이 나란히 서 있다. 삼륜차와 화분이 놓인 좁은 골목길……. 옛 정취가 곳곳에 밴 자그마한 어촌이다.

드디어 고향에 왔다.

'귀향이 운을 부른다'는 점괘가 나온 후, DEEP SEA 관련 업무 정리에 1주일을 쓰고 겨우 오늘에야 도쿄를 떠날 수 있었다.

그동안 료에게는 여전히 연락이 없었다. 홀로 술을 마신 밤에 문득 내 안을 가득 채운 고독을 견디지 못해 통화를 시도했던 적이 두 번 있었지만 모두 음성사서함으로 넘어갔다. 나는 울고 있었기 때문에 메시지도 남기지 못했다.

전쟁 전부터 있었다는 함석지붕의 건어물 가게가 보였다. 그 모퉁이를 산 쪽으로 꺾은 후 몇몇 상점이 늘어선 아담한 거리를 걸었다. 오래된 우체국 앞에 이르렀을 때, 내 가슴이 달콤하게 저려왔다.

간장 냄새.

지금 끓이는 중인가…….

그쪽 하늘을 보았다.

이어지는 기와지붕 너머로 하얗고 기다란 굴뚝이 우뚝 솟아 있다.

이 마을의 작은 상징.

그 끝에서 검은 연기가 뭉게뭉게 피어오른다.

갓 짜낸 생간장을 큰 통 속에 넣고 살균 처리를 위해 가열하는 작업. 이 작업을 하는 동안에는 굴뚝에서 연기가 피어오르고 온 마을에 구수한 간장 냄새가 감돈다.

공장에서 부지런히 일하고 계실 아버지를 생각한다. 뇌리에 떠오르는 건 늘 아버지의 뒷모습이다.

♬

칙칙해진 흰색 벽과 반들반들한 고목으로 이루어진 간장 공장.

오랜만에 보라색 포렴布簾을 걷고 들어갔다.

손바닥만 한 공간에 갓 만든 간장을 진열해두고 판매하는 가게로 꾸며져 있다. 계산대 뒤에는 아무도 없었다.

'계산대를 지키는 사람이 없다니, 도쿄에서라면 있을 수 없는 일이지…….'

살짝 쓴웃음을 지었다. 원래는 예고도 없이 나타나서 가게에 있는 엄마를 놀라게 할 작정이었는데.

우선 무거운 짐을 어깨에서 내리고 손님에게 차를 대접할 때 사용하는 그루터기 의자에 걸터앉았다.

가게 안은 농밀한 간장 냄새로 가득했다. 굵다랗고 새까만 들보와 나무 재질의 소박한 진열대가, 작지만 전통 있는 가게로서의 위엄을 지켜냈다. 내가 살던 집인데도 신기해서 두리번두리번 둘러보게 된다.

'그건 그렇고, 이렇게 오래 가게를 비워도 되나…….'

방범에 대한 이 무심함.

역시 우리 집이다.

이렇게 무조건 타인을 믿어버리는 시골스러운 성향은 집안 내력인지 나 역시 그런 면이 있다. 다양한 사람들이 어깨를 부딪치며 비좁게 살아가는 도쿄에서 나의 이런 시골스러움은 강점이 되기도 했지만 때로는 결정적인 약점이 되기도 했다.

"이렇게 착해빠져서 어쩔래!"

미사키에게 이렇게 자주 야단맞는 나는 그래도 사람들에게 미움받지 않고 비교적 사랑받으며 산다고 생각한다. 하지만 속거나 이용당하는 횟수가 사랑받음으로써 득을 보는 횟수보다 훨씬 많다(라고 미사키가 야단친다). 그럴 때마다 마음에 상처를 입고 도시에서 살 자신감을 잃었고, 인간에 대한 가벼운 불신감에 시달리기도 했다.

지금 생각하면 나는 도쿄라는 도시의 온갖 '과잉' 속에서 살아남기 위해 필사적으로 공간을 밀어젖히며 살아왔던 것 같다.

도쿄는 밀도가 높다. 물질적으로도 정신적으로도 농밀하다. 흥겹고 늘 자유롭지만, 이따금 나 자신의 호흡과 리듬에 위화감을 느낄 때도 있다.

주위에 사람이 많아서 즐거울 텐데도 문득 마음 안쪽을 들여다보면, 어두컴컴한 곳에 외톨이가 된 내가 무릎을 끌어안고 앉아 있을 때가 많았다.

밤을 밝혔던 화려한 네온사인이 꺼지고 신선한 새벽빛에 감도는 허무감을 느꼈을 때, 도쿄는 참 신비로운 곳이라고 생각했다. 어쩌면 '과잉'과 '공허'는 종이 한 장 차이인지도 모른다.

도쿄타워에서 본 야경을 떠올렸다.

그날 밤 내가 받아들이기 힘겨웠던 것은 '과잉' 뒤로 보였다 사라지는 '공허'였다.

솔직히 말하면…… 미사키처럼 터프하고 쿨하게 살거나 링코처럼 유연하고 요령 있게 살 수 있다면 좋겠다고 생각하기도 했다. 하지만 피부 속 깊이 스며든 시골의 간장 냄새는 문신처럼 들러붙어 평생 지워지지 않는다는 사실을 최근에야 깨달았다.

나는 나.

나만의 방식으로 죽을 때까지 살아갈 수밖에 없지 않을까?

그런 태도를 지녔기에 무모하게도 회사를 차릴 수 있었다고 생각한다. 그 결과, 소중한 것을 잃고 빈털터리가 된 채 지쳐 쓰러질 것 같은 내가 여기에 있다.

결국은 실패한 일에 몸과 마음을 바쳤던 것에 대해서는 후회하지 않는다. 하지만 간장 냄새 속에서 안도의 숨을 내쉬는, 이 약해빠진 나라는 존재는 역시 지긋지긋하다.

적어도 곁에 료가 있다면, 얼마나…….

갑자기 문이 드르륵 열리는 바람에 나는 의자에서 벌떡 일어났다.

"어…… 스, 스미레?"

"어, 엄마!"

"아, 깜짝이야."

"아, 깜짝이야."

둘이 동시에 말하고 동시에 깜짝 놀란 얼굴을 했다가, 3초 후에 또 동시에 웃음을 터뜨렸다. 그 웃음소리가 왠지 닮은 것 같아서, 마음이 묘하게 따스해졌다.

"오면 온다고 전화 한 통도 못 하니?"

"엄마, 가게 지키는 사람이 왜 아무도 없어."

"온다고 미리 말했으면 햇볕에 이불이라도 좀 말려뒀을 텐데."

"아, 엄마 좋아하는 도쿄 바나나 과자 사 왔어."

"그보다 좀 피곤해 보이네, 괜찮아?"

"좀, 엄마, 거기 열렸어!"

"알면 네가 좀 닫으면 되잖아."

"그게 아니고, 엄마 바지 지퍼 말이야!"

"어? 진짜……? 응?"

"뻥이지롱!"

"아니, 너……."

엄마도 나도 풋 하고 웃음을 터뜨렸다.

수다스러운 여자끼리 갑자기 맞닥뜨렸을 때는 이런 충격적인 멘트로 제동을 걸지 않으면 대화가 제대로 되지 않는다.

"아버지 지금 공장에 계시니까, 가서 인사 드리고 와라."

"아, 네……. 엄마도 같이 가요."

"너도 참……."

핀잔을 주면서도 엄마의 얼굴은 웃고 있었다.

가게 쪽에서 미닫이문을 열고 들어가면 바로 간장 공장이다. 마치 에도시대로 시간 여행 간 듯한 공간이다. 높은 천장에 거무칙칙한 들보의 폭은 50센티나 된다. 벽을 따라 소나무 장작이 쌓여 있고, 100여 년 전부터 사용했다는 거대한 삼목나무 통도 있다. 근대적인 것이라곤 완성된 간장을 병에 담거나 라벨을 붙일 때 쓰는 작은 기계 정도일까?

통 안은 부글부글 끓고 있다.

아버지 모습은 보이지 않았다.

"위에 계시는 모양이다."

엄마가 다른 쪽 2층 공간을 손가락으로 가리켰다.

한층 더 풍만해진 엄마의 엉덩이를 따라서 '사다리'라 부르고 싶어지는 가파른 '계단'을 오르면 그곳은 숙성고이다.

삶은 콩과 볶아서 잘게 부순 밀에 누룩 씨를 섞어서 방에 두고 발효시킨 다음, 소금물과 섞어서 간장덧을 만들고 거대한 통에서 충분히 숙성시킨다. 숙성된 간장덧을 압착하여 나온 액체가 생간장이고, 생간장에 열을 가해 살균하면 일반 가정에서 사용하는 간장이 된다.

숙성통이 나란히 놓인 어둑어둑한 방에 들어가니 기다란 막대를 손에 든 아버지의 뒷모습이 보였다. 하얀 작업용 장화를 신은 채, 바닥 아래에 묻힌 직경 2미터의 통 안을 들여다보며 정성껏 휘젓고 계신다.

"여보, 스미레 왔어요."

"아버지, 저 왔어요……."

등에 말을 걸었다.

아버지는 이어서 간장덧을 세 번 정도 더 저은 후에야 뒤돌아보았다. 흰머리가 약간 늘어난 것 같다.

"왔냐……. 바닥 미끄러우니 조심해."

아버지는 겸연쩍은 얼굴로 그렇게 말하고 콧등을 긁적였다.

"그 정도는 알아요."

아버지의 그 표정이 왠지 재미있어서 나는 킥 하고 웃었다. 옆에서 엄마도 똑같이 웃었다.

♬

저녁에 엄마와 나란히 부엌에 서서 종알종알 2년분 수다를 떨다 보니, 어느새 나지막한 상에 다 올릴 수 없을 만큼 많은 반찬을 만들고 말았다. 일을 마치고 거실로 들어온 아버지는 식탁을 보고 한순간 눈을 둥그렇게 떴지만 이내 별 반응 없이 방석 위에 책상다리를 하고 앉았다.

"스미레, 아버지한테 맥주 꺼내드려."

"응, 나도 마셔야지."

"그럼 엄마도 마실까?"

엄마의 말에 냉장고에서 차가운 병맥주 두 병을 꺼내고 잔 세 개를 가지고 왔다. 뚜껑을 따고 아빠, 엄마 순으로 따라드렸다.

"스미레한텐 당신이 따라줘요."

응? 하고 아버지도 나도 엄마 얼굴을 쳐다보았다.

그런 말을 왜……. 여전히 분위기 파악을 못하는 엄마.

나는 아버지 입에서 '바보 같은 소리. 당신이 따라줘'라는 대사가 200% 확률로 나오리라 생각했는데, 놀랍게도 예상은 완전히 빗나갔다. 아버지가 잠자코 맥주병을 손에 들더니 내 쪽으로 쓰윽 내미는 것이다. 나는 무의식중에 무릎을 다시 꿇고 양손으로 잔을 내밀었다.

"그럼, 오늘은 스미레를 위해 건배!"

세 사람의 잔이 다 채워지고 엄마의 쾌활한 목소리로 저녁식사(……랄까 파티랄까?)가 시작되었다.

조금 전까지 엄마와 둘이서 신나게 수다를 떨었는데, 아버지가 끼어들면 별안간 무슨 이야기를 해야 좋을지 알 수 없게 되어버린다. 아마 아버지도 나와 같은 기분일 것이다. 갑작스럽게 등장한 딸에게 무슨 말을 어떻게 꺼내야 할지 곤혹스러울 게 분명하다. 아버지와 나는 10년이 넘도록 대화다운 대화를 거의 나눈 적이 없으니……. 그 생뚱맞은 메시지 외에는.

개와 원숭이가 조용한 만큼, 엄마의 입은 잘도 움직였다. 부엌에서 내가 들려준 도쿄 생활 이야기를 엄마는 마치 직접 겪은 일처럼 생생하게 보고했다. 그동안 아버지는 '흠흠, 그래?'라고 대충 맞장구를 쳤지만, 얼굴을 보니 비교적 만족스러워 보였고 무엇보다 눈빛이 무척 온화했다.

'어? 아버지 눈빛이 이렇게 다정했던가…….'

그 작은 깨달음에 마음이 묘하게 저려왔다. 이 나이가 되어서야 비로소 아버지의 내면을 살짝 엿본 듯한 느낌이 들다니.

새삼스럽지만, 아버지는 어떤 사람일까?

평생을 소박하게 일만 하며 살아왔는데, 과연 행복하실까?

문득 궁금해졌다.

알코올이 들어가서 마음이 약간 풀어졌기 때문인지도 모른다. 생전 하지 않던 짓을 나도 모르게 하고 있었다. 시키지도 않았는데 "아버지, 맥주 드세요"라며 따라드린다.

"으응."

아버지도 멋쩍은 듯 두 글자로만 대답했다가, "너도"라는 두 글자를 덧붙이며 내 잔에도 따라주었다.

"아, 고맙습니다……."

뭐, 뭐지? 이 느낌.

나는 내가 당황한 건지 쑥스러운 건지 이 절체절명의 궁지를 즐기는 것인지 알 수 없었다. 그저 기분이 복잡했다.

잠시 후 총 네 병의 맥주가 비자 아버지가 자리에서 일어나 청주를 가지고 왔다. 나는 그에 맞춰 잔 세 개를 준비했다.

엄마의 입은 여전히 바쁘게 움직였다. 나의 어릴 적 추억을 들춰내고는 즐거워했다.

"옛날 생각나네, 그립다."

만족스러운 한숨을 내쉰 엄마가 "나 잠시 화장실~" 하고 노래하듯 말하며 자리를 뜬 직후. 덩그러니 남겨진 아버지와 나.

"……."

"……."

메인 스피커가 사라지니 별안간 어색한 공기가 흘렀다. 거북해진 나는 그 어색함을 감추려고 재빨리 아버지에게 술을 따르려 했다. 마침 아버지도 같은 생각을 했는지, 두 사람의 손이 술병 앞에서 딱 멈췄다.

아버지와 눈이 마주친다.

침묵.

또 침묵.

계속 이어지는 침묵.

숨 막히는 긴장의 임계점을 넘어섰다.

그때 기적이 일어났다.

누가 먼저랄 것도 없이 킥킥 웃은 것이다.

베를린 장벽, 우르르 붕괴.

사춘기 시절부터 줄곧 이어진 이유 모를 냉전이 어이없이 종식되는 순간이었다.

"자, 마셔라."

아버지가 네 글자로 말해주었다.

"네, 아버지도요."

서로에게 술을 따르고 맛을 음미했다.

"이 술, 맛있구나. 이름이 '이소지만磯自慢'이네."

"아아. 내 고향 시즈오카의 특산주다."

아버지는 어색함을 수습하려는지 상표라도 보는 척 시선을 떨구었다. 내게도 아직 쑥스러운 감정이 남아 있긴 했지만, 그래도 이젠 무슨 말을 하든 괜찮을 것 같았다. 부녀 사이에 조금은 낯간지러운 자유의 바람이 불기 시작했다.

이 감각은…… 그렇다. 친구와 싸운 뒤 서로 "미안해"라고 화해한 직후에 느끼는 그 어색하면서도 따스한 감정과 비슷했다.

"하는 일은 정말로 순조로운 거냐?"

상표에 시선을 떨군 채 아버지가 툭 한마디 던졌다.

"그게 있지, 엄청 잘되고 있대."

쾌활한 대답이 내 뒤에서 들렸다.

"지금 천재 록 밴드를 데리고 라이브 같은 걸 한대. 유명한 가수한테 노래도 만들어주고, 얼마나 잘하는지 몰라."

"왜 엄마가 대답해?"

나는 가슴을 찌르는 바늘의 통증에 눈을 감고 완벽한 스마일을 지으며 애써 밝은 목소리를 내보았다.

웃자, 웃자.

"엄마가 대신 대답하면 안 되냐? 네가 도쿄에서 활약하니까 엄마도 기뻐서 그러지. 술 들어가면 수다쟁이 되는 거, 너도 잘 알잖아?"

"그런가? 술 안 마셔도 그렇던데?"

"하긴, 그런 말 많이 들어. 아하하하!"

스피커가 돌아오는 바람에 술자리가 다시 떠들썩해졌다.

아버지는 내가 하는 일에 대해서는 더 이상 묻지 않았다. 온화한 눈빛으로 모녀의 하찮은 대화에 그저 맞장구만 쳤다.

그런 아버지의 옆얼굴을 보고 생각했다. 이렇게 묵묵히 무슨 말이든 들어주는 사람이 곁에 있기 때문에 엄마가 늘 싱글벙글 웃을 수 있는 거라고. 또 엄마가 늘 밝고 씩씩하게 곁을 지켜주기 때문에 아버지도 성실하게 일할 수 있는 거라고.

링코, 네 점괘, 정답이었어.

여기 오길 잘했다.

♬

다음 날 아침. 날도 밝기 전에 눈을 떴다.

지난밤 흥에 겨워서 과음한 탓에 목이 말라 견딜 수 없었다.

지금도 예전 그대로인, 2층에 있는 내 방에서 주방으로 내려가 불도 켜지 않고서 간장 만들 때 쓰는 우물물을 꿀꺽꿀꺽 마셨다. 특별히 관리되는 이 물은 순하고 차가워서 무척 맛있다.

'일찍 깨버렸네. 어쩌지.'

목을 충분히 축이고 생각하는데 아버지가 일어났다. 어둠 속에 우두커니 서 있는 나를 보고 아버지가 흠칫 놀라기에 그만 웃어버리고 말았다.

"어, 너, 이 시간에 안 자고 뭐하냐?"

"아버지는요?"

"나? 나는 잠시, 낚시나 하러 갈까 해서."

"어? 제법 추울 텐데요."

"늙은이 같은 소리 하지도 마라."

아버지는 조금 전의 나처럼 우물물을 꿀꺽꿀꺽 마신 다음 "스미레, 겨울 벵에돔 초밥 좋아했지?"라고 중얼거리면서 잠옷 소매로 입을 닦았다. "잠시 제방에 나가서 괜찮은 벵에돔 몇 마리 낚아 오마"라며 등을 돌린다.

"아버지, 나도 같이 가도 돼요?"

그 등에 대고 말해버렸다. 아버지가 이쪽을 돌아본다.

"어……. 제법 추울 텐데."

"늙은이 같은 소리 하지 마시고요."

♫

겨울철 이른 아침의 방파제는 '제법'이 아니라 '엄청'이라는 수식어를 붙여야 할 정도로 추웠다. 바람까지 불었다면 늙은이가 아니라도 집으로 다시 돌아가고 싶을 만한 추위다.

아버지는 낚싯대를 두 개 준비해주셨다. 접이식 의자에 앉아 낚시를 시작한 지 10분. 양쪽 다 입질조차 오지 않는다.

"아버지, 정말 낚여요?"

"그건 물고기한테 물어봐야지."

투덜거렸더니 아버지는 여유로운 얼굴로 대답하며 턱으로 바다 쪽을 가리켰다.

이윽고 아침 해가 등 뒤의 산 너머에서 떠오르기 시작했다. 세상이 순식간에 신선한 귤색으로 물들고, 바다 저편에는 반짝반짝 빛나는 후지산이 우뚝 섰다.

흔들흔들 출렁이는 수면. 얼어붙은 듯 상쾌한 공기.

지금 여기엔 '과잉'도 '공허'도 없다.

어금니가 떨릴 정도로 춥지만, 무엇이든 받아들여줄 것만 같은 공간이 내 안까지 연결되었다.

타타타타타……. 경쾌한 엔진소리를 울리며 어선이 먼 바다로 나아간다. 어선이 일으킨 파도가 이쪽 방파제까지 전달된다.

흔들흔들, 흔들흔들, 수면이 흔들리고, 낚시찌도 흔들린다.

흔들흔들?

아버지의 생뚱맞은 메시지가 떠올랐다. 나는 왠지 유쾌해져서 히쭉히쭉 웃고 말았다.

"왜 웃냐?"

아버지가 미끼로 크릴새우를 바꿔 끼우며 물었다.

"이름이 '스미레'니까 웃을 수밖에요."

아버지는 미끼를 다 끼우고 익숙한 손놀림으로 바다에 던져 넣었다. 수면 위로 빛의 파문이 천천히 퍼져나간다.

"아버지."

"응?"

"있잖아요……."

나는 여기서 조금 깊이 숨을 들이마실 필요가 있었다.

"스미레라는 이름을 지어주셔서, 감사합니다."

용기를 내어 말했는데, 아버지는 수면에서 흔들리는 낚시찌만 바라볼 뿐 아무 말도 하지 않았다. 쑥스러운 것이다.

"아버지, 어제 먼저 주무셨잖아요. 그 후에 엄마가 가르쳐줬어요. 스미레라는 이름의 진짜 의미."

맑게 트인 하늘에서 솔개의 노랫소리가 내려온다. 아버지는 노랫소리가 나는 하늘을 올려다보았다. 역시 다정한 눈이다.

"그랬나."

나는 마음을 터놓았는데 단 세 글자의 대답만 돌아온 것이 조금 억울해서, 일부러 짓궂은 질문을 했다.

"아버지는 웃는 게 서툴렀다면서요? 그게 콤플렉스였다고."

"하하하."

아버지답지 않게 소리 내어 웃는다.

"엄마는 술만 마시면 쓸데없는 소리를 해서 큰일이야."

"정말 그래요. 따발총 같아."

"금주령을 내릴까."

투덜거리긴 했지만 이때 아버지의 웃는 얼굴은 꽤 멋있었다. 나의 스마일이 최대 100점이라면, 방금 아버지에겐 65점을 드려도 좋다. 아버지와 나의 베를린 장벽 붕괴 기념으로 조금 후하게 준 점수이긴 하지만.

♫

지난밤.

아버지는 나와 엄마를 남기고 먼저 잠자리에 들었다. 설마 일찍 일어나 벵에돔을 낚아서 나를 먹이려고 그런 건 아니겠지만, 아무튼 먼저 주무셨다.

아버지가 자리를 뜨자 엄마는 기다렸다는 듯 아버지를 도마에 올렸다. 없는 사람 흉보는 셈이다.

"네 아버지 말이야, 정말 무뚝뚝하잖아. 어릴 때부터 웃는 게 서툴러서 늘 손해만 보셨대. 그래서 딸인 너에게 웃음이라는 뜻을 가진 이름을 지어준 거야."

"어, 몰랐어. 아버지한테도 콤플렉스가 있었다니."

"그러게 말이야. 좀 귀엽지?"

"어? 별로 귀엽지는…… 않은데."

그런 아버지를 귀엽다고 하는 엄마가 더 귀여워.

"어머, 그래? 아, 그리고 아버지 말로는……."

"말로는?"

"웃는 건 말이야, 원래 자기 자신을 위한 게 아니래."

"응……?"

"웃는 건, 늘 타인을 향해서잖아? 우선 타인을 웃게 하기 위해 내 웃음이 존재하고, 그래서 타인이 웃어주면 그 웃음이 내게도 돌아온다는 거야."

"흐음……."

"그러니까, 주위 사람들을 행복하게 만들게끔 늘 웃는 딸로 자라주길 바랐던 거지. 그러면 결국 너도 행복해질 테니까. 아버지는 그렇게까지 생각해서 '스미레'라는 이름을 지어준 거야.

아버지, 의외로 철학자 같은 면이 있지 않아? 사실은 대학 나와서 도쿄에서 일하고 싶었던 모양이야. 엄마는 남자의 그런 마음, 알 것 같아……. 그래도 아버지 말이야, 간장 만드는 일도 싫어하진 않아. 맛있는 간장을 제공하면 서툴게 웃지 않아도 손님이 먼저 웃어주잖아. 그러니까 적성에 맞대."

"……"

나는 적잖은 충격을 받았다. 내가 가꿔온 미소는 내가 살아가기 위해 필요한 무기라고 여태까지 생각해왔다.

사용법이 근본적으로 틀렸잖아.

"스미레, 듣고 있니?"

"응……. 듣고 있어요. 참 좋은 이야기 같아서."

"그렇지? 그럼 더 좋은 이야기 들려줄까?"

엄마는 므흐흐 하고 입을 다문 채 웃었다.

"뭐야, 그 웃음은. 빨리 말해봐요."

"아빠 말이야, 스미레한테 메시지 보내고 답이 오면 늘 나한테 달려와서 막 자랑해. 너무 귀엽지 않아?"

"윽……. 나, 늘 대충 보냈는데. 그것도 무뚝뚝하게."

"그러게 말이야. 그런 성의 없는 답이라도 아빠는 좋아하니까, 앞으로는 잘 적어서 보내드려."

"응. 그럴게요."

고분고분 그렇게 다짐하는 나 자신이 왠지 멋쩍어서 자꾸만 술을 들이켜게 되는 것이었다.

♫

상공에 있던 솔개는 날아가버리고, 아침 해는 세상을 파인애플 색으로 채워갔다. 한 시간이 지나도 벵에돔은 낚이지 않았다. 분명 내 얼굴은 루돌프 사슴코 같은 상태일 것이다.

"아버지~이, 저언~혀 낚이지 않는데요."

"그렇구나, 정말."

아버지의 눈에 눈물이 글썽했다.

슬퍼서도, 괴로워서도, 물론 기뻐서도 아니고, 너무 추워서 눈물이 나오는 것이다.

"이건 그냥 인내심 테스트네."

"……."

둘이서 낚싯대를 제방에 놓고 양손을 다리 사이에 끼운 채 떨었다.

"아버지, 안 그래요?"

아버지는 한동안 묵묵히 있다가 문득 저 멀리 후지산을 바라보며 중얼거렸다.

"Forgiveness is the fragrance the violet sheds on the heel that has crushed it."

"헉, 웬 영어예요?"

아버지는 아득히 먼 후지산 쪽으로 눈길을 준 채 말을 이었다.

"'용서란 짓밟힌 제비꽃이 자신을 짓밟은 발뒤꿈치에도 향기를 남기는 것과 같다.' 뭐, 그런 의미란다. 《톰 소여의 모험》을 쓴 작가, 마크 트웨인이 남긴 명언이지."

'아버지, 의외로 철학자 같은 면이 있지 않아?'

……지난밤 엄마가 한 말이 떠올랐다.

"짓밟힌 제비꽃, 그게 나인가……? 그러니까, 춥고 물고기는 못 낚았지만, 효도한 셈 치라는 건가 봐."

아버지는 또 웃었다.

두 번째 웃음은 한결 나았다. 80점이다.

♫

결국 한 마리도 낚지 못한 채 터덜터덜 집으로 돌아와 엄마가 만들어준 따뜻한 된장국을 먹고 둘이 나란히 코를 팽 풀었다.

그 후로 엄마와 함께 아버지 일을 도왔다. 엄마는 기계를 작동하거나 간장덧을 막대로 휘젓는 일을 했고, 말단인 나는 청소

담당이었다. 일찍 일어나 오전 중에 몸을 많이 움직였더니 점심 무렵에는 현기증이 날 정도로 배가 고파서 밥을 두 그릇이나 더 먹었다.

터질 듯한 배를 문지르며 휴대전화 메시지를 확인하는데, 엄마가 강렬하면서도 현실감 넘치는 데다 세상에서 가장 무시무시한 저주의 말을 내뱉았다.

"너, 그렇게 먹으면 살쪄. 나처럼."

"아으윽……."

휴대전화가 울린 건 바로 그 순간이었다.

사와다 하루토.

액정에 그렇게 표시되어 있었다.

하루토…….

땀에 젖은, 하얀 목.

그때 라이브에서 들은 충격적인 목소리가 되살아나, 양팔에 소름이 돋았다. 내 안의 육감이 일종의 예감 비슷한 것을 포착했다.

한 차례 심호흡을 했다.

통화 버튼을 눌렀다.

♬

하루토와 통화를 끝낸 후 도쿄로 떠날 준비가 완료되기까지 15분도 걸리지 않았다.

"왜 그렇게 서두르는 거야?"

엄마는 대놓고 쓸쓸한 표정을 지었다.

"사장이니 바빠야죠."

조금 허세를 부리며 가방을 어깨에 멘 나는, 이번엔 엄마보다 앞장서서 공장 쪽으로 들어갔다.

아버지는 입구 바로 옆에 있었다. 간장덧을 압착하는 기계를 작동하는 중이었다. 아버지는 역시 등을 보이고 있었다.

"아버지, 저 급한 일이 생겨서 지금 올라가야 해요."

아버지는 묵묵히 기계를 계속 만지다가, 잠시 후 낮은 목소리로 말했다.

"……그렇구나. 갑작스럽네."

여전히 이쪽으로 등을 돌린 채였고, 감정도 실리지 않은 목소리였다.

"네, 그렇게 됐어요……. 또 올게요, 아버지."

조금 작아 보였던 그 등에 대고 인사했다. 그러고 잠시 그대로 서 있었다.

이윽고 압착기가 부웅 하고 소리 내며 움직이기 시작했다. 신선한 간장이 방울방울 떨어진다.

그 소리가 내 몸을 움직였다. 뭔가를 떨쳐버리듯 발길을 돌리고 출구를 향해 걸었다.

그때.

"여기는……."

이번엔 내 등에 아버지의 목소리가 닿았다.

발을 멈추고 돌아본다. 아버지는 아직도 등을 구부리고 뒷모습을 보인 채 기계를 만지고 있었다.

여기는, 뭐?

나는 생각한 것을 입 밖에 내지 않고 아버지의 다음 말을 기다렸다.

"아, 아니다. 으음……. 낚시터, 찾아놓으마."

"……네."

나는 웃음이 나오려는 걸 꾹 참고 대답했다. 엄마도 옆에서 입을 손으로 누르고 있다.

아버지는 '낚시터' 부분만 흘끔 이쪽을 보고 말했는데, 그 순간의 약간 장난스러운 듯, 곤란한 듯한 웃음에는 75점을 줘도 좋을 것 같았다.

"아버지, 고마워요……."

나는 이름에 부끄럽지 않을 완벽한 미소를 지으며 "바이바이"라고 아버지의 등에 대고 인사하고 간장 공장을 나왔다.

엄마는 해변 도로까지 배웅해주었다. 건어물 가게 모퉁이를 돌고 나서, 엄마에게도 똑같이 "바이바이"라고 인사했다.

그러고 나서 왼편에 펼쳐진 넓은 바다를 바라보며 경쾌한 발걸음으로 걸었다. 바다 냄새와 숲 냄새를 한꺼번에 느낄 수 있어서 걸으며 몇 번이나 심호흡을 했다. 하얀 햇살을 튀기며 반들반들 빛나는 바다 위를 갈매기 두 마리가 저공비행하며 사라지고, 높은 하늘에서 솔개가 피~효로로 하고 울었을 때, 가방 안의 휴대전화가 진동했다. 아버지가 보낸 메시지였다.

여기는 네 집이다. 도쿄에서 또 무슨 일이 있으면
언제든 내려오너라.

'여기는'……. 아까 뒤에 이어질 말이 이것이었나 보다.

나는 방파제에서 낚시를 할 때의 조금 사려 깊은 아버지의 옆얼굴을 떠올렸다.

"칫, 뭐야, 눈치채신 거야?"

푸른 하늘을 바라보며 혼자 중얼거리니 히쭉히쭉 웃음이 나왔다. 즉각 답장을 보낸다.

이번에 고향의 고마움을 실감했습니다.

아, 인사치레로 하는 말 아니에요.

다음에는 물고기가 잘 낚이는 곳으로

안내해주시길 바라요.~♪

아버지, 고마워요.

지금껏 보내본 적이 없는 장문의 메시지다. 흥분해서 엄마에게 달려갈 아버지의 모습을 상상하니 또 웃음이 나온다.

마을의 수호신을 모신 숲이 나타나고, 나뭇잎 사이로 햇빛이 쏟아지는 돌층계가 시야에 들어왔다. 어제처럼 참배라도 하고 싶어서 그 돌층계를 올랐다. 배례전 앞까지 와서, 두 번 절하고 두 번 박수치고, 다시 한 번 깊이 인사.

어제는 5엔이었는데 하룻밤 사이에 100배로 오른 500엔을 불전함에 넣으며, 마음속으로 중얼거렸다.

'신이시여, 덕분에 벌써 다시 웃을 수 있게 되었습니다. 정말 감사합니다. 오늘부터 '무기' 사용법을 바로잡겠습니다. 우선 새로 팀을 꾸리게 될 하루토와 그의 딸 밋치를 웃게 만들 수 있도록.'

아, 그 전에…….

신전을 향해 힘껏 스마일!

이러면 신도 나를 보고 더 환히 웃어주겠지.

제 4 장

스마일 콤비

시부야 역 앞에서 엄청난 인파를 헤치고 뒷골목으로 들어가 한참 걷다 보면 인적이 뜸한 주택가가 나온다.

겨울의 낮은 햇살을 등 뒤로 느끼며, 점퍼를 목 언저리까지 단단히 여미고 걸었다. 아침 뉴스에서 겨울형 기압 배치가 나타날 것이라고 예보한 만큼 매서운 북풍이 불었다.

일기예보를 들은 다음에 확인한 오늘의 운세는 이러했다.

식물님…… 사적인 질문은 하지 않는 편이 좋을지도 몰라요.
휴대전화 메시지를 잘 이용하면
두 사람 사이가 급격히 가까워질 거예요.

아버지에게 온 메시지. 이번에는 시가 아니었다.

그대의 길을 가라. 남들이 무엇이라 하든 내버려두어라.

BY 단테.

어제 벵에돔 낚았단다. 작은 것 한 마리.

일요일 오후 2시 직전.

완만한 비탈길 도중에 있는 건물 2층의 찻집으로 들어갔다. 여기서 하루토와 만나기로 했다.

나는 이 가게를 회의할 때 자주 이용한다. 밖에서 보면 찻집으로 보이지 않아서인지 사람도 많지 않고, 재즈가 흐르는 차분한 분위기여서 늘 조용하고 편안하다. 헤드폰으로 음악을 들으면서 의논할 일이 많은 나에게 '조용한 가게'라는 조건은 매우 중요한 요소이다.

언덕길을 내려다볼 수 있는 창가 자리에 앉았다.

주문을 받으러 온 기품 있는 초로의 여성에게 모카를 부탁했다.

나는 잠시 후 테이블에 놓인 모카의 달콤한 향기를 즐기며 료를 생각했다. 그 성실한 료가 메시지 한 통만으로, 게다가 일방적으로 이별을 고했다는 사실이 너무 낯설게 느껴지기 시작해서 아무래도 마음을 정리하기 어려웠다.

아무리 봐도 그 메시지는 헤어지자는 뜻이었고, 그 후로는 전혀 연락이 닿지 않았다.

냉정하게 생각하면 차인 게 맞지만, 그래도…….

자그마한 한숨을 흘리며 창밖을 보았다. 손을 잡고 걸어오는 부녀의 모습이 비탈길 아래에서 나타났다.

하루토와 밋치다.

바람이 차가운지, 밋치가 빨간 점퍼 모자를 푹 뒤집어쓰고 있다. 동화 속의 귀여운 주인공 같다.

'나도 언젠가는 저런 아이의 엄마가 될까?'라는 생각도 해본다. 서른을 넘긴 후로 이런 상상을 조금 많이 하는 것 같다. 그러고 보니 고향에 내려갔을 때 부모님은 나의 결혼에 대해 아무것도 묻지 않았다. 아버지도 엄마도 어쩌면 내 마음이 다칠까 봐 신경 쓰는지도 모른다.

이윽고 딸랑 하는 달콤한 종소리가 울리면서 문이 열리고 하루토와 밋치가 들어왔다. 나는 엉거주춤 일어나 손을 흔들었다. 두 사람이 나를 보고 이쪽으로 다가온다.

"스미레 언니, 안녕하세요."

방긋 웃으며 기어오르듯 의자에 앉는 밋치.

"안녕하세요."

그 옆에 하루토가 앉아서 겸연쩍은 듯 인사한다.

나는 초로의 여성에게 두 사람의 주문을 전달하고 밋치를 위해 사둔 선물을 건넸다. 포장지 안에 폭신폭신한 재질의 빨간 장갑이 들어 있다.

"와아, 열어봐도 돼요?"

"물론이지."

밋치가 빛나는 금색 봉투에서 장갑을 꺼내며 방긋 웃으……리라 생각했는데, 현실은 그렇지 않았다.

장갑을 낀 밋치는 의아스러운 얼굴로 나를 보았다. 하루토까지 "어?" 하고 놀란 얼굴이다.

"왜, 왜요? 혹시 똑같은 거 갖고 있나?"

부녀가 꼭 닮은 몸짓으로 고개를 좌우로 흔든다.

"아뇨, 방금 옆에 있는 가게를 지나면서 밋치가 이런 장갑 갖고 싶다고 졸랐거든요. 마침 비슷한 선물이어서 놀랐어요."

"아, 그랬구나. 잘됐네."

"밋치, 인사해야지?"

"감사합니다!"

밋치가 그제야 방긋 웃어주었다. 그 웃음을 얼굴에 그대로 담은 채 밋치가 말을 잇는다.

"스미레 언니도 도시짱처럼 초콜릿 줄 수 있어요?"

너무 귀여워서 무심코 웃어버렸다.

"미안, 나는 못 해. 그때 도시짱 굉장했지? 기적을 일으키는 사람 같았어."

라이브 하던 날에 도시짱이 마술로 초콜릿을 만들어낸 이야기를 하루토에게도 들려주었다. 밋치가 눈썹을 팔자로 내리더니 조금 어려운 질문을 던진다.

"기적이 뭐예요?"

맑은 두 눈이 나를 똑바로 쳐다본다.

"아, 그건, 음……."

뭐라고 설명하면 좋을까…….

팔짱을 끼고 적절한 대답을 찾는데, 하루토가 대신 대답해주었다.

"기적이란 다른 사람을 깜짝 놀랄 만큼 기쁘게 만든 사건을 말해. 그러니까 사쿠라 언니가 지금 이 장갑을 선물해준 것도 기적이겠지?"

"아, 그런 거구나!"라고 감탄한 건 나였다. 밋치는 하루토의 멋진 해석을 진지하게 받아들이고 "응" 하고 고개를 끄덕였다. 장갑을 볼에 대고 폭신폭신한 감촉을 느끼며 웃는다.

"기적이란 참 좋은 거네?"

"그러네."

하루토가 밋치의 머리를 살짝 쓰다듬었다.

'멋진 말이 멋진 아이로 자라게 하는구나.'

티 없이 맑은 밋치를 보고 그런 생각을 했다.

"아, 참. 하루토 씨에겐 이것. 작은 병인데, 한번 맛보라고요."

나는 부모님 집에서 가지고 온 맛간장을 건넸다.

"아, 감사합니다. 그런데 웬 간장이에요?"

"부모님이 간장 공장을 하시거든요. 첨가물을 넣지 않고 직접 손으로 만드니 맛있을 거예요."

"좋네요. 그런데 이름이 오카다 간장이네요?"

"아아, 아버지의 할아버지 대까지는 성이 오카다였는데, 사위로 들어온 사람 성을 따라서 사쿠라가 된 거예요. 간장 브랜드는 그대로 오카다로 했나 봐요."

"우와, 멋지네요. 저는 세월을 뛰어넘어 계속 이어지는 것들을 동경하거든요. 내 음악도 후세까지 전해질 수 있다면 좋겠는데."

우리 집안을 좋게 말해줘서 기뻤는지, 음악을 향한 하루토의 열정이 기뻤는지는 모르지만, 아무튼 내 입술이 자연스럽게 "고마워요"라고 말했다.

"그럼, 슬슬 본론으로 들어가서…… 여기, 약속한 것 가지고 왔습니다."

하루토는 가방 안에서 데모용으로 직접 만든 CD를 꺼내어 건넸다. 나도 가방 안에서 CD 플레이어를 꺼내어 세팅한다.

“잠깐 집중해서 들어도 되겠지요?”

“물론입니다. 여덟 곡 전부 들어주세요.”

고개를 끄덕이며 헤드폰을 끼고 재생 버튼을 눌렀다.

한 차례 심호흡을 하고 눈을 감는다.

나는 곧 귀만 남은 존재가 되었다.

볼륨은 조금 크게.

가사 한 자도 놓치지 않겠다는 각오로 귀를 기울였다.

𝄞

고향에서 받았던 하루토의 전화.

그때 하루토가 〈저는 필사적인 심정으로 음악을 하고 있습니다. 사쿠라 씨와 함께 해보고 싶습니다〉라고 말했다. 나는 나대로 하루토의 목소리와 노래에서 받은 충격을 숨김없이 털어놓았다. 팀 결성은 이 시점에 거의 확정된 것과 다름없었다.

〈사실은 사쿠라 씨에게 들려주고 싶어서 데모를 만들었습니다. 다음에 한번 들어주시겠습니까?〉

“네. 물론, 기꺼이.”

〈아, 다행이다. 그럼, 언제쯤 시간 나세요?〉

“언제든 좋아요.”

내가 그렇게 대답하자 하루토가 〈그럼 당장이라도 어떠세요?〉 라고 되받았고, 그리하여 오늘 이 가게에서 만나게 된 것이다.

원래 하루토는 올 업 시절에 이미 나에 대한 소문을 들어 잘 알고 있다고 했다.

〈신인이라도, 한물간 밴드라도 사쿠라 씨 손만 거치면 오리콘 차트에 오른다는 소문이었어요. 영업부로 이동하고 나서도 특출난 실적을 올리셨지요? 아, 맞아, 절대음감도 있다고 들었습니다.〉

어릴 때 엄마의 권유로 옆 마을의 전자오르간 학원에 다녔기 때문에 어느 정도 음감은 갖췄다고 생각하지만, 지금은 둔해졌다. 하루토가 말하는 업무 실적은 조금 과장이긴 해도 완전히 거짓은 아닐 것이다.

"그런 고마운 소문, 나는 들은 적 없는데."

〈뭐, 그런 소문은 본인 귀에는 잘 안 들어가는 법이니까요. 또 DEEP SEA도 그렇습니다. 그 밴드는 몇 년 전부터 알고 있었는데요. 사쿠라 씨가 관리한 후부터 한 꺼풀 두 꺼풀 허물이 벗겨진다 싶더니, 나중엔 정말이지 깜짝 놀랄 정도였어요.〉

DEEP SEA.

봉인했던 단어가 내 심장을 폭력적으로 움켜쥐었다. 호흡의 리듬이 흐트러지니 말문이 막힌다.

〈대체 어떻게 키우신 거예요?〉

"아, 그 아이들은 원래 재능이 출중해서……."

겨우 목소리를 내면서 나 자신도 깜짝 놀랐을 만큼 가슴이 아프다는 사실을 깨달았다. 얼마 전까지 내 인생의 상징이었던 'DEEP SEA'라는 기호가 지금은 내 안을 어두운 불꽃으로 태우는 스위치가 되어버렸다.

〈다나카 도시유키 씨가 그랬죠. 사쿠라 씨는 대장장이라고.〉

"대장장이?"

〈아티스트라는 소재를, 자는 시간까지 아껴가며 정성껏 달구고 두드려서 상상을 뛰어넘는 결과물로 만들어낸다고.〉

"그런……."

〈나도 달구고 두드려줬으면 좋겠다고 했더니, 지금이 스미레 씨와 팀을 짤 좋은 기회라고 하더군요. 무슨 뜻인지는 모르겠지만. 그래서 일단 데모 음원을 만들어서 큰맘 먹고 전화 드려봤습니다.〉

내가 DEEP SEA를 잃었다는 말은 하지 않은 모양이다.

"그런데 두 사람은 어떻게 친해졌어요?"

〈고향이 같아요. 처음 만난 건 메이저 시절 레코딩 현장에서였는데요, 그때 둘 다 사이타마埼玉 한노飯能 시 출신이라는 걸 알고 의기투합했지요. 또 어릴 때 아르바이트했던 주유소 선배가 도시짱 친구이기도 했고요.〉

"그랬구나."

〈독서 취미도 비슷하고, 집도 네리마練馬랑 도코로자와所沢이니 바로 근처라서 자주 놀러오기도 해요. 딸이 도시짱을 무척 따르거든요.〉

"아아, 밋치? 그때 보니 친한 것 같았어요."

〈맞아요. 정말 귀여워해주세요. 무척 감사해서…….〉

하루토의 목소리에 애틋한 어떤 색깔이 보였다가 사라졌다.

"밋치, 귀여워요."

〈그런가요……. 요즘은 아빠를 가르치려 들어요.〉

"여자애들이 좀 그렇죠."

〈저는 여자 형제가 없어서. 아, 참.〉

"네?"

〈만날 때 밋치도 데리고 가도 되나요?〉

"응? 아, 네, 물론 괜찮아요."

〈감사합니다. 다행이에요.〉

𝄞

나는 감았던 눈을 떴다.

플레이어 전원을 끄고 천천히 헤드폰을 벗었다.

바깥에서 누군가가 내 심장을 때리기라도 하는 것처럼 가슴이 두근두근했다. 몇 군데 주옥같은 마디는 되새기기만 해도 전율이 흘렀다. 역시 하루토는 천재였다.

"아, 여덟 곡 다 들으셨어요? 저기……."

밋치와 장난치던 하루토가 이쪽을 본다. 밋치도 입가에 미소를 담고 나를 보았다.

"…… 솔직히, 어떤가요?"

하루토의 진지한 눈.

"밋치."

나는 밋치를 불렀다.

"응?" 하고 고개를 갸우뚱하는 밋치. 다갈색으로 빛나는 눈이 나를 본다.

"밋치 아빠도 기적 같은 사람이야."

"어……?"

"아빠는 음악의 천재야."

"아!"

밋치는 빛 에너지가 안에서 한꺼번에 터져 나온 듯 웃음꽃을 활짝 피우며 하루토의 얼굴을 올려다보았다. 하루토는 쑥스러움을 감추려고 밋치의 단발머리를 톡톡 가볍게 두드리듯 어루만졌다.

"하루토 씨, 이거 입력한 건가요?"

"네. 디퍼로, 조금씩."

'디퍼'란 '디지털 퍼포머'라는 레코딩 소프트웨어의 약칭으로, 기타, 드럼, 베이스 등 다양한 종류의 음을 컴퓨터에 자유롭게 입력하면서 원하는 음악으로 만들어가는 프로용 소프트웨어다.

"이미 완성도가 꽤 높아요."

"그런가요? 그래도 아직 멀었지요?"

"아직이라 해도, 반드시 더 좋아질 거예요. 하루토 씨의 감각은 더 성장할 가능성이 있다고 생각해요."

"그럼……, 저랑 같이해주시겠어요?"

나는 고개를 끄덕이며 오른손을 내밀었다. 그 손을 하루토가 부드럽게 잡았다. 밋치는 테이블 위에 양팔을 엇걸어 놓고 그 위에 턱을 올린 채 우리를 눈부신 듯 바라보았다.

"되도록 빨리 구체적인 계약서를 만들 테니."

"네."

현실을 말하자면…….

한번 메이저에서 실패한 가수가 다시 무대에 올라서 성공할 가능성은 한없이 제로에 가깝다. 전례가 없었다.

하루토도 잘 알고 있을 것이다. 하지만 난 이 비범한 재능이 꽃피지 못하고 그대로 묻히는 걸 잠자코 보고 있을 수 없었다.

반짝반짝 빛을 내고, 그 빛으로 조금이라도 더 많은 사람을 비출 수 있다면…….

나는 시작하기 전에 일단 못을 박았다.

"다시 도전하는 게 쉽지는 않겠지만."

"알고 있습니다. 하지만 제 인생, 여기서 죽을힘으로 일어서지 않으면……."

하루토는 옆에 앉은 밋치를 흘끔 내려다본다.

"밋치가 그러더군요. 아빠는 노래할 때가 제일 멋있다고요. 그래서 저……."

그는 겸연쩍은 듯 턱 끝을 긁적였다.

"네. 나도 일단 하기로 했으면 온 힘을 다할 테니까요."

재능이 넘치는 하루토와 팀을 짠다 해도 목적지는 암흑 속에 있다. 아니, 목적지가 있는지조차 의심스럽다. 운 좋게 그 문이 보인다 하더라도, 사람이 지날 수 없을 정도로 좁은 문인지도 모른다.

하지만 이때 나는 어쨌든 또 죽을힘으로 달려보자고 결심했다. 문이 없으면 직접 부딪쳐 벽을 뚫어버리면 된다.

발버둥 친다고 주위 사람들이 비웃어도 상관없다.

나는 나의 길을 간다. 남들이 무엇이라 하든 내버려두자.

BY 사쿠라 스미레다.

초로의 여성이 물을 더 따라주러 왔다.

"귀여운 따님이네요."

밋치를 보고 미소 짓다가 나를 향해 말한다. 나를 하루토의 부인으로 오해한 모양이다. 그래도 뭐, 밋치가 귀여운 건 사실이므로 나는 가벼운 웃음으로 대답했다. 그러고 보니…….

"전혀 다른 이야기이긴 한데."

나는 조금 궁금했던 점을 물으려 한다.

"하루토 씨의 부인은……."

"아아아아, 그게 말이죠."

하루토는 일단 내 말을 막고, 밋치가 눈치채지 않도록 살짝 고개를 흔들어 보였다.

"우리 이제 한 팀이니까, 그냥 하루토라 부르시고 말도 편하게 하세요. 저도 스미레 씨라고 불러도 될까요?"

하루토는 말하면서 휴대전화를 조급하게 만지작거렸다.

"아, 그게 좋겠네. 그런데 밋치는 진짜 이름이 뭐야?"

나는 밋치의 관심을 끌기 위해 질문을 던졌다.

"사와다 미치예요."

"그렇구나. 예쁜 이름이네."

"네. 유치원 선생님도 이름이 예쁘다고 했어요."

메시지가 왔다. 바로 눈앞에 앉아 있는 하루토에게.

데뷔했다가 실패했을 때, 아내가 저를 떠났어요.

지금은 다른 남자랑 사는 모양입니다.

그렇구나……. 나는 곧 답장을 보냈다.

DEEP SEA도 날 떠났어. 올 업 시절 상사가 데려갔지…….

하루토가 내 메시지를 읽고 깜짝 놀란 듯 얼굴을 들었다. 우리 두 사람의 눈이 마주쳤다.

"저는 떠나지 않을 거예요."

진지한 얼굴로 말하는 하루토.

"나도 놓치지 않을 거야."

조금 시간을 두고 둘이서 풋 하고 웃음을 터뜨렸다.

킥킥 웃는 우리를 보고 밋치가 의아한 표정을 지었다가 방긋 웃음꽃을 피워주었다.

"아빠랑 스미레 언니, 즐거워 보여."

"응, 아빠, 지금 굉장히 즐거워."

하루토는 자그마한 밋치의 어깨를 안은 채 공터 한가운데에 외따로 핀 민들레 같은 조용한 미소를 지었다.

사장이라면 목숨을 걸겠다는 각오로 열심히 해야지.

𝄞

다음 날부터 다시 도쿄 안을 뛰어다니는 '운동화와 치즈버거의 나날'이 시작되었다.

하루토용으로 홈페이지 디자인을 바꾼 다음, 라이브와 앨범 제작 준비에 착수했다. 되도록 괜찮은 라이브하우스를 물색하고 게스트도 섭외하고 레코딩 스튜디오까지 예약한 후, 모든 인맥을 총동원하여 하루토가 솔로로 다시 데뷔한다는 사실을 알리러 다녔다.

방송 등 다른 기회를 잡기 위해서는 다양한 업종에 있는 사람들을 찾아가 머리를 숙여야 했다. 잘 아는 그래픽 디자이너에게 급히 광고지를 제작해달라고 부탁했고, 연주해줄 서포트 멤버를 모아 라이브에서 부를 곡의 이미지를 조금씩 만들어갔다.

수첩은 순식간에 새까맣게 채워졌지만 조금이라도 비는 시간이 생기면 하루토를 만나 무엇이든 의논했다.

우선 '사와다 하루토'라는 뮤지션의 근본적인 방향성부터 정해야 했다. 이미 우려낸 걸 재탕해선 안 된다.

대중에게 사랑받을 수 있는 음악 노선은 무엇일까? 어떤 색깔로 만들 것인가? 초여름 바람 같은 하루토의 목소리를 살리려면 어떤 곡이어야 할까? 노래 사이에 어떤 멘트를 넣으면 사람들이 좋아할까? 어느 정도의 기간이 알맞을까? 어느 라이브 하우스를 선택할까? 함께 무대를 장식할 밴드는? 솔로 라이브라면 현실적으로 어느 정도의 관객을 모을 수 있을까?

구체적인 계약 사항도 정했다.

아무래도 '일'이기에 다른 가수에게 곡을 제공하거나 레코드를 제작하는 것은 물론, 음악 이벤트나 다른 뮤지션의 공연에도 참가하기로 했다. 아마추어 같은 무대라 하더라도 그곳에 노래할 '의의'만 있다면 기꺼이 오르기로 했다.

하루토와 이야기해야 할 안건은 한여름의 잡초처럼 나날이 불어났고, 우리 두 사람의 회의는 매번 뜨거운 열기 속에서 진행되었다. 우리는 중요한 것, 급한 것부터 하나씩 차근차근 정리해갔다. 2인3각의 끈은 이렇게 날이 갈수록 튼튼해지고 매듭도 단단해졌다.

일을 시작하면서 우리가 함께 내세운 모토는 이러했다.

누군가의 웃는 얼굴을 위해.

어떤 상황이든 나 자신만을 위해 일해서는 안 된다.

우리는 그렇게 약속했다. 아니, 사실은 내가 처음으로 사장의 권한이란 걸 행사하여 '사훈'을 내건 것이었다.

하루토는 이 '사훈'이 몹시 마음에 들었는지 나보다 더 자주 입에 올렸다.

"아, 스미레 씨, 그것도 엄밀히 말하면 자기 자신을 위해서가 아닌가요?"

하루토는 언젠가부터 이런 식으로 허점만 보이면 날카롭게 파고들었다. 스스로 자기 목에 쇠사슬을 묶은 개가 된 기분도 들었지만, 뭐, 어쩔 수 없다.

누군가의 웃는 얼굴을 위해.

스마일뮤직의 존재 의미이다.

그러지 않으면 신도 웃어주지 않는다. 웃는 얼굴은 내가 먼저 만들어야 한다.

그렇지요? 아버지.

𝄞

늘 신고 다니는 운동화가 닳고, 유니클로 점퍼는 더러워져 세탁소에 맡겼다.

계절은 나날이 순조롭게 변화했다. 하루토와 나도 필사적으로 노력한 결과 그럭저럭 순조롭게 라이브 첫날을 맞을 수 있었다.

라이브 당일 오전, 나는 긴자에서 빠른 속도로 걷고 있었다. 저녁에 사용할 사무용품을 사러 나온 것이다.

긴자츄오 거리로 그윽한 봄바람이 두둥실 불어왔다. 길가의 가로수를 올려다보니 물기를 듬뿍 머금은 연둣빛 잎이 가지 끝에서 일제히 팔랑팔랑 흔들렸다. 어린잎이 '이리 온, 이리 온' 하고 손짓하듯 바람에 가늘게 떨리면서, 한 아름 받은 신선한 봄빛을 잎 표면에서 다시 하늘로 튕겨내고 있었다. 하루토의 그 감미로운 노랫소리에 딱 어울리는 날씨였다.

지난밤부터 한숨도 자지 못했다. 피로감으로 목덜미와 등이 묵직했지만 기분은 신기하게도 가벼웠다. 마침내 라이브에 이르렀다는 성취감에서 오는 흥분이 내 안에서 에너지로 작용한 것인지도 모른다.

번잡한 길을 한참 걷다 보니 그날, 내가 좀비처럼 변했던 공포의 낮잠 포인트가 시야에 들어왔다.

이런 곳에 쓰러져 있다면 정말 죽은 사람으로 오해할 수도 있었겠다. 그런데 다시 살아나서 걸었으니 그야말로 좀비가 아닌가?

낮잠 포인트를 지나면서 나는 무심코 실실 웃어버렸다. 그 직후에 별안간 가슴이 따끔거렸다.

료.

지금쯤 어디서 뭘 하고 있을까.

새 여자친구 생겼을까.

조금 걸으니 두 달 전 그날 료와 만났던 미쓰코시 건물이 보였다.

혹시…….

있을 리 없다고 생각하면서도 나도 모르게 료의 말쑥한 모습을 찾고 만다.

문고본을 읽는 온화한 옆얼굴. 잘리지 못한 채 남아 있는 수염마저 사랑스러운…….

가슴의 통증은 이토록 생생한데, 마지막 데이트가 아득히 먼 옛날 일처럼 느껴지는 게 신기했다.

료가 없는 미쓰코시 모퉁이에서 하루미 거리로 들어섰다. 오른편에 보이는 유락쵸 방면으로 돌아 신호를 기다린다.

건너편에 늘어선 빌딩의 무리. 솜 같은 봄바람. 푸른 하늘과 건물의 대비.

나는 되도록 먼 풍경을 바라보며 마음을 비우려 했다.

그런데도 내 등은 홀로 다른 의지를 품은 채 계속 미쓰코시의 그 모퉁이를 느끼려 했다. 료가 서 있던 그 장소와 보이지 않는 에너지의 끈으로 연결되어 있기라도 한 것처럼.

내 등은 료의 잔향을 감지하기 위해 굉장히 예민해져 있었다.

신호가 초록으로 바뀌었다. 나는 자궁 부위에 힘을 꾹 싣고 걸음을 내딛었다.

인파의 흐름에 따라 앞으로 나아간다. 등이 료가 서 있던 장소에서 조금씩 멀어진다.

안녕.

나의 피넛.

𝄞

하루토의 첫 라이브는 나무랄 데 없이 완성도가 높았다.

메이저 시절부터 좋아했던 골수팬과 홍보 효과로 모인 관객들로 라이브하우스는 만원사례를 이뤘다. 신곡과 메이저 시절에 발표한 곡을 적절히 섞고 사이사이에 어울리는 멘트를 넣었더니, 객석의 반응이 과연 내 의도대로 열정적이었다. 아니, 오히려 모든 것이 계획을 능가하는 수준이었다.

무대에 오른 순간부터 하루토는 딴사람으로 변했다.

공터 한가운데에 외따로 핀 채 바람에 이리저리 흔들리는 불안한 민들레가 아니었다. 그는 뭔가에 홀린 듯 정열적인 카리스마를 끝없이 분출했다. 그의 혼이 내뿜는 폭발적이고도 감미로운 에너지는 라이브하우스 안을 조금의 빈틈도 없이 꽉 채웠다.

관객은 그 에너지에 달콤하게 도취되어 심장을 난폭한 흔들림에 고스란히 맡겨버렸다. 현장을 지휘하는 나까지 넋이 나갔을 정도다.

앙코르 후에 라이브 한정 CD 판매를 개시했다. 하루토가 사인해주는 CD를 사려고 줄이 길게 늘어섰다. 놀라운 일은 한 번에 여러 장의 CD를 구입하는 관객이 많았다는 사실이었다.

하루토의 노래를 누군가에게 선물하고 싶어진 걸까?

선물…….

주고받는 곳에 또 누군가의 웃는 얼굴이 피어난다.

그야말로 사훈대로 일이 전개되어갔다.

𝄞

다음 공연부터 예매권 가격을 변경했다. 한 사람이 두 장 이상을 사면 한 장을 제외한 나머지는 누군가를 위한 선물용 티켓인 셈이니, '스마일 티켓'이라는 이름을 붙이고 반값으로 설정했다.

티켓에는 하루토가 원했던 대로 네 잎 클로버를 그렸다. 그려준 사람은 들풀에 관심이 많고 일러스트도 잘 그리는 도시짱이었다. 게다가 무료 서비스로.

나는 앨범 제작 준비에 동분서주했고, 하루토는 열정적으로 무대에 섰다. 라이브를 계속하다 보면 입소문으로 팬이 점점 늘어가리라고 확신했다.

'스마일 티켓'의 효과는 곧 드러났다. 그때까지 주로 여성뿐이었던 객석에 남성 관객이 드문드문 보이기 시작한 것이다. 라이브 후 CD를 판매하는 곳에도 남성 관객의 모습이 많았다.

라이브하우스는 규모를 매우 신중하게 고민해 선정했다. 너무 커서 빈자리가 많으면 '안 팔린 느낌'이 들어 관객도 하루토도 흥이 나지 않고, 반대로 너무 좁으면 들어갈 수 있는 관객 수가 적어서 입소문 효과가 줄어든다. 최대한 크면서도 꽉꽉 들어찰 수 있는 곳. 그 정도가 가장 좋았다.

나는 지금껏 키워온 인맥을 이용하여 메이저 소속사의 프로듀서들을 라이브에 초대했다. 초대장만 보내면 늘 바쁜 그들은 거의 100% 오지 않을 게 뻔하기 때문에, 며칠 앞두고 직접 방문해서 열렬한 토크와 최고의 스마일로 마음을 휘어잡았다.

아직 하루토에겐 비밀이지만…… 만약 정말로 음악의 신이 있어서 운 좋게도 하루토가 메이저를 통해 다시 데뷔하는 꿈 같은 날이 온다면, 그때는 스마일뮤직에서 CD를 내지 않아도 된다고 생각한다. 제작과 판매는 자금 사정이 여유로운 메이저 회사에 맡기고, 하루토는 그저 우리 소속 가수로 있어주기만 하면 된다.

그게 분명 하루토를 가장 빛나게 만들 수 있는 길이고, 그의 음악을 한 명이라도 더 많은 사람에게 들려주기 위한 방법이다.

일단은 그 막연한 미래를 위해 1밀리의 타협도 없는 완벽한 앨범을 제작해두고 싶었다. 잘 만들어진 앨범, 열광적인 라이브, 인디치고는 압도적인 수의 팬을 무기로 하여 가까운 장래에 메이저사에 소개할 계획이다.

전례가 없는 성공. 기적을 움켜쥐기 위해.

발자국 하나 없는 황야에서 울보에다 겁쟁이인 내가 새로운 길을 개척하려면 목숨 걸고 본격적으로 뛰어들 수밖에 없다는 걸 안다. 한편으로는 가슴 뛰는 일이기도 하다.

누군가가 이미 지난 길에는 보물 따위 떨어져 있지 않다. 료의 철학을 빌리자면, 미래가 어두워서 보이지 않기 때문에 희망을 느낄 수도 있는 것이다.

운동화 뒤축이 금세 닳아버렸다. 수면 시간도 그에 비례하여 점점 줄어갔다. 일하는 중에 가끔 현기증도 느끼지만, 쓰러져서 좀비만 되지 않는다면 괜찮다고 생각했다.

내일은 오늘보다 밝은 날. 그런 근거 없는 희망을 안은 채 밤마다 '성역'에서 곤히 잠들었다.

치즈버거의 피클도 여전히 맛있었다.

링코를 진심으로 '굉장하다!'라고 생각한 것은 그녀의 연재만화가 TV 애니메이션으로 만들어진다는 소식을 인터넷 뉴스를 통해 들었기 때문이기도 하지만, 그보다 '삼라만상'의 운세가 무서울 정도로 적중했다는 이유가 더 컸다.

> 식물님…… 오늘은 인생을 바꿀 만한 깜짝 뉴스가
> 날아올 거예요. 긍정적인 면과 부정적인 면이 숨어 있으니
> 판단은 신중하게! 하반신 운동을 하면 운세도 상승.

윽, 또 하반신 운동?

얘도 이젠 레퍼토리가 떨어졌나?

그날 아침 링코의 운세를 읽는데, 눈을 부라리며 운세를 봐주던 링코의 얼굴이 떠올라서 웃었다. 아침식사로 콘플레이크를 먹으며 '혹시 또 로우킥인가?'라고 상상하기도 했다. 이때는 아직 반신반의했다.

적당히 아침식사를 해결하고 하루토의 '데뷔 10주년 기념 원맨 라이브'에 관한 회의를 하기 위해 운동화를 신고 밖으로 나왔다. 전철을 타고 신주쿠 역에 이른다.

혼잡한 중앙 광장을 빠져나와 200명 수용 가능한 라이브하우스 'SPACE-ZEN'으로 향했다. 이국적인 분위기를 살린 이곳 스태프와는 과거에 몇 차례 같이 일한 적이 있어서 만나면 "오랜만이에요!"라며 하이파이브라도 하는 사이다.

기노쿠니야 서점 앞 모퉁이를 돌아 좁은 골목으로 들어가서 왼편에 보이는 와인색 건물 지하로 들어간다. 계단을 내려가는데 달콤한 바닐라 향기가 났다.

묵직한 미닫이 격자문을 열면 옛날 목욕탕 카운터처럼 꾸며진 접수처가 있고, 친하게 지내는 스태프 유키 양이 지키고 있다. 나를 보자마자 부둥켜안는다.

"우와, 스미레 씨, 오랜만이에요!"

이 사람은 남자보다 여자를 좋아하는데, 예전에 뒤풀이 자리에서 내게 애인이 있다는 사실을 알고 실망한 적이 있다.

점장까지 셋이 모여 원탁을 사이에 두고 회의를 시작했다.

속속들이 잘 아는 사람들과의 회의는 원활하다. '신용'이라는 편리한 기능에 여러 가지를 맡기면 쓸데없는 과정을 생략할 수 있다. 이날도 두 시간은 걸릴 회의가 한 시간도 채 지나지 않아 끝났다.

"그럼 조만간 또 들르겠습니다."

나는 손을 흔들며 인사하고 계단을 올라 지상으로 나왔다.

신주쿠의 좁고 비뚤어진 형태의 하늘은 점심때가 되어도 여전히 흐렸다. 겨울로 되돌아간 것처럼 건물 사이로 부는 바람이 매서워서, '꽃샘추위'라는 단어가 있었다는 사실이 새삼 떠올랐다.

골목을 걸으며 휴대전화를 확인했다. 부재중 전화가 두 건 있었다. 하나는 하루토가 곡을 제공해준 가수의 매니저에게 온 것인데, 다음 주 레코딩 일정을 알리기 위한 전화였다. 또 하나는 'K. G. 인스파이어 레코드'라는 외자계外資系 메이저의 프로듀서, 혼마 겐 씨였다. 50세를 넘겼지만 에로듀서 이와미쓰와는 정반대인 멋쟁이 능력자로, 업계에서도 신뢰가 두터운 인물.

혼마 씨가 남긴 메시지를 듣는다.

〈인스파이어의 혼마입니다. 지난번 사와다 하루토 씨의 라이브에 감명을 받아서, 좋은 방향으로 이야기를 진행해보고 싶어 전화 드렸습니다. 시간 나실 때 연락 주시면 감사하겠습니다.〉

좋은 방향으로 이야기?

응? 진짜?

혹시?

설마, 아니겠지?

자, 잠깐만. 침착해야지.

좋은 이야기. 메이저의 제안.

뇌 안에서 쾌감 호르몬인 도파민이 분수처럼 흘러넘쳤는지, 흐리고 으스스한 하늘이 반짝반짝 장밋빛으로 보이기 시작했다.

침착하자, 침착하자, 침착하자, 침착하자…….

어느 밀교도의 주문처럼 몇 번이나 몇 번이나 중얼중얼 소리 내면서 두둥실 공중으로 떠오른 기분을 가까스로 붙잡고도 심호흡을 두 차례쯤 하고 나서야 혼마에게 전화를 걸 수 있었다.

벨이 일곱 번 울리고 혼마가 받았다.

이마저 러키세븐이잖아!

"여보세요, 안녕하십니까. 스마일뮤직의 사쿠라입니다."

들뜬 마음을 꾹 누르고 되도록 예의 바르게 발음했다.

〈아, 안녕하세요. 바쁘신데 죄송합니다.〉

"아, 아닙니다. 지난번에 일부러 찾아주셔서."

〈그 라이브요, 정말 최고였습니다. 오랜만에 좋은 음악을 들어서 참 기뻤습니다.〉

"감사합니다."

〈그래서 말입니다, 사쿠라 씨와 조금 의논하고 싶은 일이 있어서요.〉

드, 드디어!

"네."

〈사와다 하루토 씨를, 만약 괜찮다면 우리가…….〉

그다음부터는 기억에 남아 있지도 않다. 뇌가 도파민의 강에 빠져 둥실둥실 흘러가버려서, 어떻게 대답했는지 완전히 기억에서 사라졌다. 다만 내 몸이 반사적으로 '일'을 해준 듯, 수첩에 혼마와의 회의 일정이 정확하게 기록되어 있었다.

나는 너무나 큰 행복감에 현기증과 심장의 고동을 함께 느끼며 가까운 찻집으로 들어갔다. 피클이 들어 있을 것 같은 샌드위치와 홍차를 주문하고, 그걸 위장으로 흘려 넣으며 마음을 가라앉혔다. 배가 채워지자 아주 조금 차분해졌다. 그러고 나서는 왠지 장난기가 부글부글 끓어올라 므흐흐, 므흐흐, 하고 혼자 웃고 말았다.

하루토를 깜짝 놀라게 해줄까?

므흐흐, 므흐흐.

맞은편 자리에 앉은 아저씨가 나를 보고 언짢은 듯 눈을 내리깐다.

하지만 그런 당신도 나는 좋아.

므흐흐, 므흐흐흐……

그렇게 잔뜩 망가진 나는 여전히 히쭉거리면서 도시짱에게 전화를 걸었다. 이어서 미사키와 링코에게도 전화를 걸었다. 모두 깜짝 놀라면서도 따뜻한 말로 축하해주었다. 그러고서 나의 장난스러운 기획에 흔쾌히 동의해주었다.

𝄞

3일 후 토요일 저녁. 링코의 아틀리에를 방문했다.

"스미레, 너, 정말 잘됐다, 잘됐어!"

먼저 와 있던 미사키가 나를 보자마자 달려와서 힘껏 끌어안더니 울어주었다. 그 모습을 보고 링코도 울면서 웃었다. 지난 사흘간 줄곧 히쭉거리기만 했던 내가 이때 처음으로 기쁨의 눈물을 흘렸다.

볼을 타고 내려오는 눈물의 온도를 느끼며 생각했다. 기쁨은 혼자 맛보기에 아까운 감정이다. 누군가와 함께 느꼈을 때 비로소 내 마음 깊은 곳까지 침투한다.

마음이 진정된 후 셋이 가까운 슈퍼마켓에 가서 장을 보고 잘하지도 못하는 요리를 넘칠 만큼 만들었다. 이제 하루토와 밋치, 도시짱이 도착하기를 기다리는 것만 남았다.

저녁 7시. 초인종이 울린다. 내가 현관으로 맞으러 나갔다. 문을 열고 하루토의 태평스러운 얼굴을 본 순간 펄쩍 뛰어오르고 싶은 충동에 휩싸였지만 꾹 참고 말했다.

"들어와 얼른, 들어와."

세 사람을 방 안으로 밀어 넣고 전원이 파티석인 고타쓰 앞에 앉고 난 후 우선 자기소개부터 시작했다.

링코가 자기소개를 할 때 밋치의 눈빛이 바뀌었다. 링코가 그린 만화를 알고 있는 것이다. 갑작스러운 팬의 등장에 기분이 좋아진 링코는 색종이를 가지고 와서, 만화 캐릭터 그림과 밋치의 초상화에 사인까지 하여 선물했다.

여섯 명의 자기소개가 끝난 후, 드디어 건배다.

"오늘 이 자리를 만들어주신 스마일뮤직 사장 스미레의 인사 말씀이 있겠습니다."

미사키가 장난기 가득한 얼굴로 말했다.

박수 소리가 짝짝 들린다.

나는 무릎을 꿇고 맥주잔을 손에 들었다.

"그럼 한마디 하겠습니다."

하루토, 너무 기뻐서 기절하는 거 아냐?

밋치도 틀림없이 좋아할 것이다. 나는 싱글싱글 표정 근육이 헤프게 풀어지는 걸 느꼈지만 상관하지 않고 마음껏 히쭉거렸다.

"오늘 축하할 일이 두 가지 있습니다. 우선, 링코의 만화가 무려 TV 애니메이션으로 제작된다는 소식입니다. 박수!"

하루토를 본다. 여전히 공터 한가운데에 핀 민들레처럼 유약한 표정으로 박수를 치고 있다.

소리가 멎는다.

"그리고, 으음, 한 가지 더, 기쁜, 일이……."

조금 전까지 히쭉히쭉 웃고 있었는데, 별안간 감격에 겨워 목이 메었다.

"파이팅, 스미레!"

미사키가 소리친다. 도시짱도 "파이팅" 하고 응원한다.

하루토와 밋치가 나를 보고 불안한 표정을 짓는다. 그 모습을 보니 더 복받쳐서 도저히 말을 이을 수 없었다.

"스미레 언니, 파이팅!"

밋치의 목소리.

"응원해주니 더 눈물이 나네."

"에헤헤."

나는 떨리는 목소리로 말하며 밋치를 보고 웃어주었다. 울다가 웃었다.

"기쁜 소식이잖아. 그렇게 울 일이 아니라니깐."

그러면서 링코도 덩달아 울고…….

그렇겠지?

모두, 고마워.

좋아, 웃자, 웃자.

나는 크게 한번 심호흡을 하고 입을 열었다.

"하루토가……."

하루토의 얼굴. 고개를 기울이고 눈을 크게 뜬다.

"메이저를 통해 다시 데뷔하게 되었습니다! 자세한 건 나중에요. 일단, 건배!"

말해버렸다.

"축하합니다!"

"건배!"

모두가 소리치는데, 하루토만 잔을 들고 가만히 있다.

"어? 잠깐……, 무, 무슨 말이에요? 스미레 씨……."

하루토가 떨리는 입술로 말했다.

"사실은……."

나는 숨을 크게 들이마셨다.

"사흘 전에 '인스파이어 레코드'에서 연락이 왔어. 하루토를 깜짝 놀라게 해주려고 여태까지 비밀로 했지."

"어……."

하루토는 호흡하는 것조차 잊은 듯 굳어 있었다.

"이 녀석, 해냈잖아. 하루토."

도시짱이 하루토의 등을 퍽, 퍽 때렸다. 그게 스위치였는지 나를 바라보는 하루토의 눈에서 눈물이 주르르 흘렀다.

잘됐다, 하루토. 정말 잘됐다…….

"그럼, 메이저 데뷔가 확정된 천재 하루토 씨에게 한 말씀 듣도록 하겠습니다."

도시짱이 울고 있는 하루토에게 마이크를 넘겼다.

"뭐야, 나만 몰랐던 거야?"

하루토는 코를 훌쩍이며 쑥스러움을 감추려는 듯 크게 소리치더니 맥주잔을 들고 단숨에 마셔버렸다.

손등으로 눈물을 닦고 이야기를 시작한다.

"저, 저는, 정말……."

목이 메어 말이 나오지 않는 모양이었다.

"정말 음악이 좋아서, 포기할 수 없어서……. 그런데 밋치는 내 목숨보다 소중하고, 생활도 해야 하고…… 그러다 스미레 씨를 만나서……. 아, 뭐라고 해야 하나."

코를 훌쩍이는 하루토의 눈에서 다시금 눈물이 넘친다.

"아빠, 파이팅."

"하하하. 밋치, 응원을 받으면 더 눈물이 난다잖아."

하루토는 말하면서 밋치를 무릎 위에 올리고 꼭 끌어안았다.

"아아, 죄송합니다. 왠지, 멋진 말이 안 떠오르네요. 이렇게 됐으니, 우리 회사 사훈으로 대신하겠습니다."

눈물 가득한 눈으로 나를 보며 하루토가 민들레처럼 웃었다.

그리고 빈 잔을 높이 치켜든다.

"앞으로도, 누군가의 웃는 얼굴을 위해! 건배!"

다음 주 수요일은 거의 초여름 날씨였다.

공기에서 투명감이 느껴지고, 건물도, 전철도, 신호등도, 자판기도, 화단의 꽃들도, 가로수의 신록도, 오가는 사람들의 옷도, 아무튼 세상의 모든 색채가 평소보다 한 단계 더 선명했다.

오후 1시 직전 지하철 요쓰야 역에서 하루토와 만나, 프로듀서 혼마가 기다리는 인스파이어 레코드 빌딩으로 향했다. 정식 계약을 맺기 전 혼마와 하루토가 한번 만나려는 게 목적이었다. 밋치는 유치원이 끝난 후 '친구'인 도시짱이 봐주기로 했다.

"아직도 믿어지지가 않네."

걸으면서 하루토가 거친 한숨을 내쉬었다.

"응. 현실감이 없다고 할까, 정말 꿈 같은 기분이야. 아, 이번 10주년 기념 라이브 때 팬들 앞에서 발표하면 되겠네."

쑥스러운 듯 고개를 끄덕인 하루토는 "10주년이라……" 하고 감개무량한 표정으로 중얼거리면서 양떼구름이 떠가는 요쓰야의 하늘을 바라보았다.

"생각해보니 이번 라이브, 내가 기획하는 마지막 이벤트가 되겠구나."

감상적인 기분이 내게도 전염되었다.

"그러네요……. 하지만 저, 앞으로도 계속 스마일뮤직 소속 가수로 활동할 거잖아요."

"응. 그렇긴 하지만."

그렇긴 하지만, 기쁘긴 하지만, 그래도 역시 말로는 표현할 수 없는 상실감도 느꼈다.

정성껏 키운 딸을 시집보내는 아버지 마음이 이럴까?

하늘색 유리로 뒤덮인 세련된 미술관 같은 건물. 그 건물로 둘이 나란히 들어가 치아가 예쁜 안내창구 아가씨에게 혼마 씨를 만나러 왔다고 알렸다. 창밖의 전망이 훌륭한 7층 회의실로 들어가, 하얀 디자인 의자에 앉아 혼마를 기다린다.

7층이라니 이것도 러키세븐이네. 난 은밀히 행운을 감지했다.

5분 정도 후에 혼마가 들어왔다. 흰머리가 조금 섞인 머리를 올백으로 넘기고, 엷은 블루빛 선글라스를 끼고, 하얀 셔츠에 가죽바지를 입었다. 과연 아티스트다운 차림이다.

"미안해요, 기다리시게 했네."

"아닙니다. 저희야말로 바쁘신 중에 감사합니다."

"별말씀을."

혼마는 자신감 넘치는 걸음으로 하루토 앞에 서더니 마치 배우처럼 정돈된 미소를 지으며 오른손을 내밀었다.

"라이브, 최고였습니다. 앞으로 잘 부탁할게요."

"가, 감사합니다."

하루토는 엉거주춤 인사하고 혼마의 손을 조심스레 잡았다.

우리 세 사람은 의자에 앉아서 잡담을 시작했다.

나와 하루토의 만남, 음악에 대해 품고 있는 이상, 대략적인 계약 내용 그리고 무엇보다 혼마가 얼마나 하루토의 라이브에 감동했는지가 대화의 중심 주제였다.

"하루토 씨는 라이브 때와 인상이 전혀 다르네요. 정말 딴사람 같군요. 어떻게 하면 무대에서 그렇게 존재감을 높일 수 있나요?"

"저도 잘 모르겠습니다."

혼마의 질문에 조금 수줍어하며 하루토가 대답했을 때, 삐삐삐, 하는 휴대전화 착신 벨이 회의실에 울렸다.

하루토는 아차, 하는 얼굴로 청바지 뒷주머니에서 급히 전화기를 꺼냈다. 확인하지도 않고 바로 끊으려 하는데 혼마가 "괜찮아요, 받으세요"라고 하여, 하루토는 송구스러워하며 통화 버튼을 눌렀다.

"아, 여보세요. 네. 네. 예? 그래서요?"

작은 소리로 말하는 하루토의 옆얼굴을 보는데 점차 그 표정이 굳어가는 것이었다.

"네, 네. 괜찮나요? 장소는요? 네, 아, 알겠습니다. 죄송합니다.

아, 아뇨, 가겠습니다. 최대한 빨리 갈 테니, 그동안 부탁 좀 드리겠습니다. 그럼."

마지막엔 말이 빨라지더니 급박하게 전화를 끊었다.

하루토가 내 쪽을 휙 돌아본다.

"무, 무슨 일이야?"

"밋치가 쓰러졌대요. 저, 빨리 병원에 가봐야 할 것 같아요."

"아……."

하루토가 쾅당 하고 소리 내며 의자에서 일어나 혼마를 향해 깊이 머리를 숙였다.

"딸이 쓰러졌다고 합니다. 정말 죄송합니다. 먼저 실례해야 할 것 같습니다."

"아, 으응. 그야 물론. 그런데 괜찮나요?"

하루토는 대답도 하지 않고 회의실에서 뛰쳐나갔다.

나는 의자에서 엉거주춤 일어나 문밖으로 사라지는 뒷모습을 멍하니 바라보았다. 복도를 달리는 발소리가 작아진다. 문이 천천히 닫히고 찰칵 하는 소리가 났다.

회의실에 정적과 현실감이 돌아왔다.

잠시 후 혼마가 그 정적을 깼다.

"아이가 있었나요?"

그 질문에는 명백히 부정적인 울림이 있었다.

"아, 네. 유치원에 다니는 딸이 있습니다."

"그건 몰랐군요. 부인은?"

"이혼, 했습니다."

"그럼, 따님을 하루토 씨가 돌보고 있다는 건가요?"

"네……."

혼마는 미간에 주름을 잡고 보란 듯 낙담하는 한숨을 쉬었다. 그러고 나를 보았다.

"허허, 저도 간부들을 열심히 설득했어요. 꽤 강하게. 한번 실패한 가수를 다시 쓴다는 거, 일반적으로는 어려운 이야기입니다."

나는 신중하게 말을 고르다가 결국 고르지 못하고 "네"라고만 대답했다.

"아이가 있었구나. 재능 있는 친구인데, 아깝군."

아깝다니, 왜?

혼마가 휴우, 하고 다시 암울한 한숨을 내쉬며 양팔을 테이블 위에 올렸다. 나를 똑바로 보고 말한다.

"아쉽지만, 조금 어렵겠습니다. 아이가 있다면."

어, 설마 아니죠?

나는 귀로 들어오는 말을 부정하려 애썼다.

"저기…… 그러니까, 어렵다는 건 계약이 불가능하다는……?"

혼마는 천천히 팔짱을 끼면서 살짝 고개를 끄덕였다.

"저도, 굉장히 유감스럽습니다."

"왜, 왜요? 아이가 있어도, 실제로 그렇게 열광적인 라이브가 가능했고, 노래도 최고의 퀄리티를 만들어냈다고 생각합니다."

"그렇지만."

말귀를 못 알아듣는 아이를 보는 교사 같은 눈으로 혼마가 말했다.

"오늘 같은 일이 또 생길 수 있지 않겠습니까?"

"아, 아뇨, 이번엔, 공교롭게도……."

"이런 리스크를 감수하면서까지 한번 실패한 가수를 영입한다는 건, 솔직히 말이 안 되는 이야기입니다. 저도 굉장히 안타깝습니다. 이번엔 인연이 아니라고 생각할 수밖에 없겠군요."

자, 잠깐만. 그건 너무하잖아.

내 뇌리에 순수하게 반짝이는 밋치의 방긋 웃는 얼굴이 떠올랐다. 축하 파티 때 주르르 흐르던 하루토의 눈물도.

"아, 그런데 말입니다, 사쿠라 씨라면 우리 프로듀서로 들어와서 같이 일해도 좋을 것 같군요. DEEP SEA를 키운 실적도 다방면으로 평가받고 있고, 하루토 씨도 단기간에 저만큼 변신시켰으니. 만약 생각이 있다면 우리……."

나는 말을 끝까지 듣지 않고 의자에서 일어났다. 테이블을 돌아 혼마 앞으로 걸어간다.

차가운 리놀륨 바닥에 천천히 무릎을 꿇는다.

"부탁드립니다……."

말하면서 양손을 바닥에 붙이고, 이마도 바닥에 댔다.

"이, 이러지 마세요……. 사쿠라 씨?"

"부탁입니다. 하루토에게, 기회를 주십시오……."

땅에 엎드린 채 성심성의껏 마음을 담아 부탁했다.

"아무쪼록 부탁드리겠습니다. 제가 할 수 있는 일은 뭐든지 온 힘을 다해 최선을 다할 테니."

혼마가 의자에서 일어나 반걸음 뒤로 물러섰다.

"사, 사쿠라 씨…… 얼굴을 드세요."

"제발 부탁드립니다."

신이시여, 부탁입니다, 제발, 웃어주세요…….

잠시 후 내 어깨에 손이 놓였다. 천천히 얼굴을 들어보았다. 눈썹을 팔자로 내린 혼마의 곤혹스러운 얼굴이 있었다. 그 얼굴이 옆으로 살짝 흔들렸다.

다시 한 번 이마를 바닥에 댔다.

"부탁합니다. 정말로, 부탁드립니다……."

"사쿠라 씨…… 미안해요. 아무리 부탁해도, 역시, 무리입니다. 지금은 리스크를 짊어질 시대도 아니고, 데뷔를 기다리는 재능 있는 젊은이들이 이미 많이 대기하고 있습니다."

얼굴을 들고 혼마를 똑바로 쳐다보았다.

"하지만 하루토의 재능은, 특별해요……."

"정말 미안합니다. 다른 곳을 알아보세요. 하루토 씨라면 또 기회가 있을 겁니다."

"하지만……."

"정말 미안합니다."

미안한 듯하면서도 단호한 울림을 동반한 혼마의 목소리가 묘하게도 멀리서 들렸다.

𝄞

인스파이어 레코드 건물을 나와서 바로 도시짱에게 전화를 걸었다. 밋치의 상태와 병원 위치를 묻고 전철에 올랐다.

"괜찮아, 이제는 걱정 없어."

전화 저편의 도시짱 목소리가 생각보다 차분해서 조금은 안심이 되었다. 신주쿠에서 세부신주쿠 선 급행으로 갈아타고 도코로자와所澤에서 내렸다. 역 앞에서 택시를 타고 병원으로 직행한다. 문득 야쿠자 같은 외모의 택시 운전사가 떠올랐다.

내일은 밝은 날이라고?

거짓말쟁이…….

하얀 병동 입구에 도시짱이 양손을 청바지 주머니에 찔러 넣고 서 있다.

"이제 괜찮대. 걱정하지 마."

택시에서 내리자마자 쫓아가니 웃으며 말한다.

"왜 그랬대?"

"급성위장염이래. 유치원에 데리러 갔는데 안색이 심상치 않더라고. 집에 가는 길에 갑자기 토하고, 배가 아프다면서 못 움직이는 거야. 바로 택시 잡아타고 병원으로 직행했지."

"그랬구나. 고생했네."

"나도 깜짝 놀랐어. 지금은 링거 맞으면서 자고 있어."

"하루토는?"

"밋치 곁에서 떠나지 않고 있어."

나는 도시짱을 따라 밋치의 병실로 향했다. 안내받은 702호는 다인실이었다. 입구에 서서 안을 들여다본다. 하얀 방에 침대가 여섯 개 있고, 오른편 안쪽에 하루토의 구부정한 등이 보였다.

밋치의 얼굴은 하루토에게 가려서 보이지 않았다. 옆에 매달린 링거에 약이 아직 3분의 1 정도 남아 있다.

널찍한 창에 황금색 커튼이 걸려 있고, 그 커튼을 통과한 빛이 병실 안을 노을 색으로 물들였다.

밋치가 누워 있는 침대 쪽으로 다가간다. 하루토는 새근새근 잠든 밋치의 이마에서 머리카락을 쓸어 올리듯 부드럽게 쓰다듬고 있었다.

딸을 내려다보는 하루토의 온화한 눈. 그 옆얼굴과 자연스러운 손짓에 나는 순수하게 감동받았다.

하루토는 아빠구나……. 새삼스럽게 그런 생각이 들었다.

나도 저렇게 아버지의 사랑을 받으며 자랐겠지.

기억의 표층에서 간장 냄새가 후욱 풍기는 듯했다. 어릴 적 아버지 어깨에 올라타고 산책했던 해안의 반짝거리는 빛과, 처음 자전거를 탄 날 손뼉 치며 기뻐해주던 아버지의 모습이 차례로 떠올랐다.

하루토가 인기척을 느끼고 얼굴을 들었다. 무슨 말을 하려고 하기에, 나는 양손을 앞으로 내밀어 제지했다. 말없이 복도를 가리키며 병실 밖으로 유도한다. 하루토와 도시짱과 내가 복도에서 얼굴을 맞대고 작은 목소리로 이야기하기 시작했다.

"아까는 죄송했습니다. 급히 나와버려서."

"아니야. 어쩔 수 없잖아, 긴급 사태인데. 그보다 밋치는 이제 괜찮아?"

"네. 이 링거만 다 맞으면 퇴원해도 된다고 아까 의사가 그러더군요."

"그렇구나, 다행이네."

"정말 죄송했습니다. 도시짱한테도."

"나는 괜찮다니까. 미래를 위해 아빠 경험을 쌓은 거지."

"미래의 아빠라. 도시짱은 정말 좋은 아빠가 될 거야"라고 내가 말했다.

"뭐, 나는 인기가 많으니까, 어느 아이의 아빠가 되느냐가 문제지."

도시짱은 나의 직설적인 칭찬에 왠지 얼굴에 조금 울적한 그늘을 만들더니 농담했다. 나는 그 미묘한 그늘이 조금 신경 쓰였지만, 하루토의 농담이 그 그늘의 존재를 지워버렸다.

"맞아요. 도시짱이랑 똑같이 생긴 아이가 전국 방방곡곡에 널렸다는 소문이 있어요."

하루토는 이제야 마음에 조금 여유가 생긴 모양이었다. 하지만 역시 일이 어떻게 되었는지 걱정되는 듯 일단 대화가 끊기자 불안한 얼굴을 했다.

"저기, 스미레 씨, 혼마 씨 화내지 않던가요?"

"화내지 않았어."

나는 대답과 함께 밝은 스마일을 선물했다.

거짓은 아니지만 진실은 조금도 포함되지 않은 대답.

하루토에게 아직은 사실을 말할 수 없었다. 적어도 밋치가 완전히 회복된 후에.

몇 분간 이야기를 나누고 도시짱과 나는 돌아가기로 했다. 돌아가는 길에는 택시를 타지 않고 어슬렁어슬렁 역까지 걸었다.

도시짱에게는 사실대로 이야기했다. 말해버리니 긴장의 끈이 툭 끊겼는지, 나는 심각한 실망과 허무감에 빠져버렸다. 가슴속이 텅 비고, 그 텅 빈 공간이 부풀어 올라 가슴이 꽉 차버렸다.

'텅 빈 공간으로 꽉 차다니, 모순이네.'

또 한 사람의 내가 멍하니 그런 생각을 했다.

도시짱은 내가 이야기하는 동안 그저 묵묵히 대답만 하면서 귀를 기울여주었다. 좋다는 말도 나쁘다는 말도 하지 않고, 아무것도 판단하지 않고, 그저 있는 그대로 받아들이고, 마지막엔 내 등을 톡톡 두드려주며 말했다.

"그랬구나. 그렇다면 지금까지처럼 자유분방한 상태로 돌아가는 거네. 그럼 또 같이 달려보지 뭐."

안 돼. 또 울 것 같아…….

나는 힘껏 숨을 들이마시고 그걸 뜨거운 한숨으로 바꿔 "하아" 하고 내뱉었다. 그러면서 우울했던 가슴의 온도가 조금은 내려갔는지, 눈물이 흐르는 걸 가까스로 참아낼 수 있었다.

"도시짱, 오늘 한가해?"

"한가하니까 밋치를 봐줬지. 응? 혹시 이번엔 사장을 봐달란 말인가?"

도시짱은 장난기 안에 다정함을 가득 담은 미소를 지어주었다.

"미안, 같이 술 마셔줄래? 내가 살게."

"생선이 맛있는 집이라면야, 마지못해 따라가주지."

"뭐야, 마지못해라니."

"아니면 절세미인이 있는 가게라도 좋겠다."

"나랑 마시면 해결되네."

"절대 해결 안 돼!"

"윽, 너무해. 영 점 몇 초 만의 대답."

"아하하. 적어도 '절세'는 빼줄래?"

"안 돼. 양보 못 해."

우울할 땐 의외로 이런 하찮은 대화에서 평안을 얻기도 한다. 도시짱은 내게 안정제 같은 존재이다.

그로부터 5일 후.

나는 다시 도코로자와로 발걸음을 옮겼다.

완전히 부활한 밋치가 유치원에 있는 오전 중에 하루토를 항공기념공원으로 불러냈다. 하루토 집에서 걸어서 몇 분 걸리지 않는 곳에 있는 휑뎅그렁한 잔디 공원인데, 예전에 회의를 하는 동안 밋치를 놀게 하기 위해 셋이서 온 적이 있다.

하루토는 녹갈색 파카에 낡은 청바지, 아디다스 운동화 차림으로 나타났다. 잠깐 근처에 담배라도 사러 나온 것 같은, 긴장감이라곤 전혀 없는 모습이다.

"안녕하세요. 여기, 선물."

하루토 손에서 떠난 캔 커피가 깔끔한 포물선을 그리며 맑은 봄 하늘에서 떨어진다.

"고마워."

나는 양손으로 받으며 인사했다가, "따뜻한 거라면 좋았을 텐데"라고 불평했다.

"어어어어, 싫으면 그냥 주세요."

"안 돼!"

나는 하루토가 내민 손에서 캔 커피를 보호하듯 품에 안고 웃었다.

"뭐예요, 결국 마실 거면서!"

어린잎과 촉촉한 흙냄새를 품은 봄바람이 부드럽게 불어왔다. 그 바람 속에서 하루토가 자연스럽게 미소 짓는다.

밋치에 뒤지지 않을 티 없는 웃음. 지금부터 해야 할 이야기를 생각하니, 나는 스마일을 유지하는 것조차 힘에 부쳤다.

"잠시 걸을까?"

내가 먼저 잔디 위를 천천히 걷기 시작했다.

"좋아요."

하루토는 파카 주머니에 양손을 넣고 마치 소년 같은 발걸음으로 내 옆에서 나란히 걷는다.

어떻게 이야기를 꺼내고 어떻게 핵심에 이를지 지난밤 완벽하게 생각해두었는데, 막상 하루토 옆에 서니 목 안에 넣어둔 말이 좀처럼 나오지 않았다.

나는 하루토가 준 캔 커피를 꿀꺽 마셔서 목을 축이고 크게 한 번 숨을 들이마셨다.

"저기……."

"계약은 언제 하게 되나요?"

동시에 말을 꺼내고 말았다. 초장에 꺾여버려 나는 조금 당황했다.

"아, 저기, 그게, 음, 그게 말이야."

"네?"

현실을 모르는 하루토는 봄바람에 잘 어울리는 스마일을 나에게 던지며 고개를 살짝 기울였다.

"저기, 있잖아……."

나는 멈춰 섰다.

"네, 뭔데 그래요?"

두 걸음 앞서 간 하루토가 이쪽으로 휙 돌았다.

아침 공원으로 쏟아지는 햇빛이 영화의 한 장면처럼 투명했다.

"저기……."

처음에 무슨 말부터 하기로 했더라?

심장과 호흡은 이미 내 것이 아니었다. 나는 그만 곤혹스러운 얼굴로 하루토의 눈을 응시하고 말았다.

"응?" 하고 의아스러워하는 하루토.

그러고 보니 하루토를 한자로 쓰면 '春人'이었다. 그래서 봄이 잘 어울리는구나.

이런 쓸데없는 생각을 하는 또 하나의 내가 존재했다.

"왜 그래요, 스미레 씨?"

걱정스러운 얼굴로 하루토가 한 걸음 다가왔다. 그게 신호탄이 되었다. 왜 그랬는지 나는 그만 하루토를 밀어내듯 큰 소리를 내고 말았다.

"미안. 저기, 사실은, 힘들게 됐어. 혼마 씨한테 거절당했어."

말해버렸다. 게다가 하루토를 전혀 배려하지 않은 표현으로.

"어?" 하며 고개를 갸우뚱하는 하루토.

부드러운 바람이 우리 두 사람 사이를 빠져나가면서 마음과 마음의 거리를 명확히 들춰냈다.

“아이가 있어서 안 되겠대.”

“…….”

하루토가 멍하니 나를 본다. 표정이 전혀 없다. 그 얼굴이 무서웠다.

“하루토가 나간 뒤에 혼마 씨가 그러더라. 나, 매달려봤지만.”

매달려봤지만……?

말하면서 의문이 부글부글 끓어올랐다.

혹시…… 물러난 것이, 포기한 것이, 너무 빨랐던 건 아닐까?

좀 더 필사적으로 혼마의 다리를 붙들고 늘어지겠다는 마음으로 끝까지 매달려야 했던 게 아닐까? 그런 생각이 돌연 끓어올라 내 등을 떨리게 했다.

“미, 미안. 하루토. 모처럼…….”

더 이상 하루토의 눈을 볼 수 없을 것 같았을 때, 나는 의외의 장면에 부딪혔다.

하루토의 미소.

웃은 것이다, 하루토는.

조용히.

공터 한가운데에 핀 민들레처럼.

"스미레 씨는 잘못한 게 없어요."

"응?"

"어쩔 수 없잖아요. 저한텐 정말 아이가 있으니."

"하루토……."

하루토는 헤헷 하고 조금 자조적인 웃음을 흘리더니 또 크게 한숨을 내쉬었다. 민들레가 당장이라도 시들 것처럼 보였다. 이대로라면 나도 같이 시들어버릴 것만 같았다.

웃자, 웃자, 웃어야 해.

입꼬리에 온 힘을 주어 스마일을 만들었다.

"하, 하루토. 다시 나랑 같이……."

"이제."

"응?"

"이제 음악 그만둘까? 나……."

하루토의 양어깨에서 힘이 푹 빠지는 게 느껴졌다. 그와 동시에 나의 뇌리에 "아빠, 파이팅"이라고 외치는 밋치의 목소리가 메아리쳤다.

"안 돼, 하루토. 절대 떠나지 않겠다고 약속했잖아. 나도 놓치지 않겠다고 약속했고."

하루토는 빛을 잃은 눈으로 내 발밑 부근을 멍하니 응시했다.

"밋치도 하루토가 노래하는 모습이 제일 멋지다고 했잖아."

하루토가 천천히 파카 주머니에서 오른손을 뺀다. 그 소맷부리를 눈에 댔다.

"딸은 열심히 일하는 아빠의 뒷모습을 늘 보고 있다고."

내가 그랬으니까. 정말로 그러니까. 어느새 내 볼에도 뜨거운 눈물이 흐르고 있었다. 물방울이 잔디 위로 뚝뚝 떨어졌다.

"하루토, 부탁이야. 계속 멋진 아빠로 있어줘. 계속 멋진 뮤지션으로 있어줘."

"저……."

고개 숙인 하루토가 눈을 꽉 누른 채 애처로운 목소리를 냈다.

"저, 솔직히, 죽고 싶어요."

"무슨 말이야, 그게……."

"노력해서 겨우 데뷔했는데 퇴출되고……, 아내는 떠나고……, 밋치 키우는 것도 솔직히 너무 힘들고……. 이젠 뭘 바라보고 살아야 할지……."

왜일까? 나는 이때 기이할 정도로 냉정해졌다. 하루토의 머리 꼭대기부터 발끝까지 침착하게 바라보며, 생각했다. 이런 비참한 아빠의 모습, 밋치에겐 절대로 보여줄 수 없다고.

나는 청바지 주머니에서 열쇠 꾸러미를 꺼냈다. 집 열쇠에 칼날 길이가 4센티 정도 되는 자그마한 맥가이버칼이 달려 있다. 그 칼날을 꺼내어 하루토에게 내민다.

"자, 여기. 얼마 전에 헤어진 애인한테 받은 칼이야. 굉장히 잘 든대. 밋치를 두고 죽을 수 있다면 이걸 써도 좋아. 하루토가 죽는 걸 보고 나서 나도 곧 따라갈게."

"……."

"하루토와 성공할 때까지 목숨을 걸겠다고 다짐했으니."

나는 하루토의 파카 주머니에서 왼손을 잡고 쑥 빼내어 그 손에 칼을 쥐여주었다.

"괜찮아, 죽어도."

내게는 강한 확신이 있었다. 병원에서 밋치의 머리카락을 사랑스럽게 쓰다듬던 그 아빠가 딸을 남기고 죽을 리 없다.

항공기념공원은 인기척 하나 없이 조용했다. 들리는 건 저 멀리 도로를 달리는 자동차의 배기음과 나뭇가지에 앉아 지저귀는 참새들의 대화뿐이었다.

하루토가 눈에 댔던 오른팔을 천천히 내리고 왼손에 쥔 칼을 멍하니 응시한다. 칼날을 손잡이 안으로 조용히 밀어 넣는다.

"못 죽겠지?"

내가 그렇게 말하자마자 군용기 한 대가 요란한 소리를 내며 머리 위를 낮게 날았다. 나는 그 모습을 지켜본 후 천천히 말을 이었다.

"왜 못 죽는지 가르쳐줄까?"

아래로 떨어진 빛 없는 눈이 쓰윽 내게로 돌아왔다.

"살아 있는 것만으로 충분히 행복하다는 걸 하루토의 영혼이 알기 때문이야. 그래서 인간은 그리 쉽게 죽지 못한대."

그렇죠? 아버지.

"생각해봐, 하루토. 혼마 씨한테 제안받기 전에 우린 늘 열심이었고, 가진 건 없었지만 행복했잖아. 다시 한 번 그때로 돌아가는 것뿐이야."

하루토는 또 소맷부리로 눈을 누르고 흐느껴 울기 시작했다.

"아아, 정말, 나란 인간…… 이렇게 약하다니, 너무 싫다."

"좀 약하면 어때서?"

정말로 약해도 좋다고 생각했다.

"하루토는 노래할 때, 세상에서 가장 멋지니까."

이때 내 안에 도저히 억누를 수 없는 충동이 일어났다. 하루토의 머리를 힘껏 끌어안아주고 싶어진 것이다. 하지만 하루토는 키가 크고, 그 머리까지 내 팔이 닿지 않는다.

안아주고 싶다. 몸이 뭔가에 홀린 듯 멋대로 움직인다.

괜찮지, 료?

튜,

울,

립!

물론 힘 조절을 하긴 했다. 그런데 정확히 맞은 듯, 하루토가 털썩 한쪽 무릎을 꿇고 주저앉는다. 그 틈을 놓치지 않고 나는 그의 머리를 가슴에 꼭 안았다.

나도 울었다. 참지 않고, 마음껏.

"같이 성공할 때까지 포기하지 않을 거야."

"아, 아야야."

하루토는 신음하듯 말하며 몇 번이나 고개를 끄덕였다.

잠시 후 품 안에서 중얼거리는 목소리가 들렸다.

"그런데 왜 갑자기 로우킥인가요?"

왜일까? 문득 뇌리에 아버지의 메시지가 떠올랐다.

"그대의 길을 가라. 남들이 무엇이라 하든 내버려두어라. 우리 아버지가 그렇게 말씀하셨어."

내 팔 안에 있던 하루토가 "풋" 하고 살짝 웃음을 터뜨렸다가 소리 죽여 웃는다. 어깨가 가늘게 흔들린다.

"스미레 씨."

"응?"

"그거, 단테가 한 말이잖아요."

어, 그랬던가?

"마음대로 쓰면 안 되죠. 저작권 위반이에요."

왠지 나도 웃겨서 킥킥 웃었다.

팔에서 천천히 힘을 빼고 하루토의 머리를 놔주었다.

시선이 마주쳤다.

"하아……. 결국 죽지도 못했네."

중얼거리는 하루토.

"그러네."

"만약에 스미레 씨 가슴이 컸다면 질식했을지도 모르지만. 지금 나는 여유롭게 살아 있구나."

…… 응?

"그냥 지금 죽어!"

어깨를 힘껏 밀어버리니, 하루토가 잔디밭 위에 벌렁 대자로 드러누웠다. 푸른 하늘을 올려다보며 무척 기분 좋은 미소로 말한다.

"아, 맞다, 스미레 씨. 전에 밋치가 그러던데, 이 공원에는 행복이 떨어져 있대요. 유치원에서 여기로 놀러 나올 때, 가끔 누가 줍는다고."

"호오, 뭘까? 예쁜 유리구슬이라도 떨어져 있었나?"

"지금 내가 주웠는지도 모르겠어요."

그렇게 말하고 하루토가 쑥스러운 듯 "헤헷" 하고 웃는다. 봄바람과 잘 어울리는 미소.

"나도 방금 주운 것 같아."

기분이 좋아져서 하루토 옆에 나도 벌렁 대자로 뻗어보았다.

땅에 드러누워서 보는 푸른 하늘은 평소보다 두 배쯤 넓게 느껴졌다. 촉촉한 흙냄새에 나는 심호흡을 했다.

머리를 돌려 하루토 쪽을 보니 그의 옆얼굴과 나 사이에 민들레가 피어 있었다. 키 작고 꽃잎도 작은 볼품없는 민들레였다.

제비꽃도 민들레도 결국은 잡초지.

밟혀도 다시 일어날 수 있지.

잡초 콤비는 다시 뛰기 시작했다.

앨범 제작과 데뷔 10주년 기념 원맨 라이브를 두 개의 큰 목표로 삼고, 우리는 1밀리의 타협도 없이 봄이라는 다정다감한 계절을 1분 1초까지 아껴가며 열심히 살았다.

인스파이어 레코드에게 퇴짜 맞은 후 우리 사이에 생겨난 유대감은 강고하면서도 탄력적이었다. 그야말로 밟혀도 다시 일어나는 잡초 같았다. 각자 따로따로 전력 질주하더라도 똑같은 방향을 향하고 있다는 믿음이 늘 버티고 있었다. 그래서 예전 같은 고독을 느끼지 않고 일에 몰두할 수 있었다. 힘든 역경도 꼭 나쁜 것만은 아니었다.

하루토는 앨범 제작 준비로 불면증에 시달리면서도 새 노래를 추가로 세 곡이나 만들어주었다. 예정에 없는 창작이었지만 세 곡 모두 무척 좋아서 앨범에 넣지 않을 수가 없었다. 나는 앨범 제작에 있어서 기본적으로 모든 '제약'을 없애기로 했다. 작품이 조금이라도 더 좋아진다면 돈과 시간을 아끼지 않았다.

컴퓨터로 만든 음을 모두 서포트 뮤지션의 라이브 연주로 다시 구성했다. 녹음 횟수가 많아서 스튜디오 대여료나 뮤지션들에게 지불할 금액이 불어나 결과적으로 300만 엔이 넘는 비용이 들었지만, 내 안의 터프하고(귀엽고?) 통 큰 '사장'은 너그럽게 눈감아주었다.

스튜디오 임대료는 장소에 따라 다르긴 하지만 열 시간에 대략 15만~20만 엔 정도 든다. 서포트 뮤지션에게 지급하는 도시락 대금이나 주차요금 등 자질구레한 비용도 무시할 수 없다. 이렇듯 사장은 꽤 힘든 자리다.

곡 하나에는 어린이 코러스를 넣기로 했다. 하루토와 나는 밋치가 다니는 유치원 원장에게 부탁하여 아이들의 노래를 녹음하기로 했다. 아이들의 미숙한 노랫소리가 '인간미'를 잘 표현해주었다. 도시짱은 "부녀가 함께 부른 노래네" 하고 미소 지으며 특유의 집중력으로 레코딩 엔지니어로서의 솜씨를 마음껏 발휘해주었다.

앨범 제작팀의 주인공은 유감스럽게도 내가 아니라 밋치였다. 연이은 철야로 모두 신경이 예민해져서 분위기가 험악할 때에도 밋치가 스튜디오에 나타나 싱긋 웃어주기만 하면 공기가 단번에 누그러졌다. 밋치는 작은 태양이었다. 밋치 효과로 멤버들의 기분이 풀어지면 그 기분이 '감미로운 소리'가 되어 작품에 그대로 반영되었다.

어느 날 시부야의 스튜디오에 처박혀 녹음을 하고 있을 때, 밋치가 부스 안에서 노래하는 하루토를 유리 너머로 바라보며 내게 살짝 귓속말했다.

"비밀인데요, 이 노래, 아빠가 스미레 언니를 위해 만든 거예요."

그 노래는 내 마음에 쏙 들었던 곡 중 하나였다. 하루토와 내 인생의 소중한 한 장면을 아름다운 비유로 표현해준 것 같아서 남몰래 감동했다.

"그랬구나. 나도 이 노래 정말 좋아. 행운을 불러올 것 같은 느낌도 들고."

"예쁜 노래예요."

밋치는 나를 올려다보고 방긋 웃었다.

생명을 떼어내듯 혼을 담아 노래하는 하루토의 절절한 목소리를 컨트롤 룸에서 들으며, 나는 밋치의 자그마한 어깨를 가만히 끌어안았다.

𝄞

녹음이 끝나고 동시 진행했던 믹스다운이 주된 작업이 되었다. TD(트랙다운)라고도 불리는 이 작업은 스튜디오에서 녹음한 음들을 하나로 합쳐서 아름답게 완성해가는 과정이다. 도시짱이 활약할 차례인 것이다.

도시짱은 음색을 최고의 상태로 조정하는 매니퓰레이터도 겸임하고 있으므로, 음과 음이 미세하게 서로 간섭하여 밸런스를 잃은 부분을 하나하나 찾아서 미세하게 조정하는 작업도 진행해야 한다.

바늘구멍에 실 꿰기 같은 이런 섬세한 작업을 얼마나 반복하느냐에 따라 작품의 완성도에 하늘과 땅만큼의 차이가 벌어지기도 한다.

도시짱은 시종일관 집중력을 흩트리지 않았다. 트레이드마크인 검정색 군모를 앞뒤 거꾸로 쓰고 있다는 게 그 증거다. 일에 빠지면 모자를 획 뒤로 돌리는 게 그의 버릇인데, 이때 도시짱의 온몸에서 이글이글 발산되는 아우라 때문에, 밋치도 거의 말을 걸지 못한다.

𝄞

며칠 후 믹스다운이 끝나고 음원이 도시짱의 손에서 떠났다.

결과물은 나무랄 데 없이 훌륭했다. 하루토 말처럼 '음 하나 하나에 신이 깃들었다'고 표현하고 싶을 정도다. 이제 마스터링 엔지니어가 음을 최종 보정하고 완성된 데이터를 CD에 수록하면 우리의 앨범은 완성이다.

여기까지 오는 동안 나는 라이브 구성과 준비, 배치도 제작, 라이브하우스 스태프와의 회의, 광고지와 앨범 재킷 제작, 라이브와 CD 프로모션, 각 매체와의 협력 기획과 영업, 서포트 뮤지션들과의 회의 등 여러 일을 병행했기에 잘 시간도 거의 없었다. 물론 미사키와 링코도 만나지 못했다.

솔직히 말하면 몇 번인가 그날처럼 길바닥에 쓰러져 좀비가 될 뻔하기도 했지만, 그래도 하루하루가 즐거워서 미칠 지경이었다.

편안함을 좇으면 괴로워지고, 꿈을 좇으면 즐거워진다.

지금껏 나는 이런 자세로 일을 해왔다.

내 모든 것을 건 10주년 기념 원맨 라이브가 이제 코앞이다.

제5장

각자의 비밀

스미레와 하루토는 좋은 콤비라고 생각한다.

눈가리개를 한 채 서로 손을 꼭 잡고, 넘어지는 것도 두려워하지 않고 전력 질주하는 두 사람.

저렇게 살면 매일 후회 없이 잠들 테니 참 보람 있겠다 싶어 솔직히 부러울 때가 있다. 만약 내가 이들처럼 눈이 가려진다면 넘어질까 두려워 한 걸음도 내딛지 못할 것이다. 번쩍번쩍 광을 낸 가죽구두를 벗고 낡은 운동화로 갈아 신으려면 어느 정도 각오가 필요하다.

'도시짱은 정말 좋은 아빠가 될 거야.'

그날 병원 복도에서 스미레가 말했을 때, '제법 좋은 아빠였지'라고 과거형으로 고백하고 소탈하게 웃어야 했는지도 모른다.

아니면 '좀 더 오래 좋은 아빠로 있고 싶었는데'라고 솔직한 감정을 드러냈으면 어땠을까? 그러면 나도 마음 편히 운동화로 갈아 신고 녀석들과 함께 전력 질주할 각오가 섰을지도 모른다.

내 과거는 사그라지지 않았다. 나는 아직 있는 그대로 받아들이지도 못하고 있다. 나 같은 약한 인간은 정말로 성가신 생물이다. 과거에 입은 상처를 계속 핥고 있으니 오히려 피가 멎지 않는 것이다. 빠끔히 벌어진 살을 바늘과 실로 꿰맬 용기가 없다. 그러니 늘 미래에 공포를 느끼며 사는 것이다.

미래가 두려운데 어떻게 눈가리개를 하고 달리겠는가?

스미레와 하루토에겐 과거도 미래도 없는 것 같다.

그들에게는 지금 이 순간뿐. 지금 할 수 있는 것에 최선을 다한다. 그것 말고는 전혀 관심이 없는 듯 보인다.

과거, 현재, 미래. 내가 살 수 있는 건 유일하게 현재뿐이다.

그건 알고 있다. 하지만…….

4

"선생님, 감사합니다. 친구들, 안녕."

아이들의 발랄한 목소리가 들린다. 이제 곧 밋치가 다가와서 싱긋 웃어주겠지.

외부인이 마음대로 들어오지 못하도록 단단히 잠긴 유치원 문 앞. 자녀를 데리러 온 엄마들이 한곳에 모여 수다를 즐기고 있다. 나는 그 집단에서 조금 떨어진 곳에 혼자 서 있다. 엄마들에게서 이따금 호기심 어린 시선이 날아오니 솔직히 조금 불편하다.

나, 수상한 사람 아닌데.

유치원 마당 구석에 서 있는 커다란 녹나무를 바라본다. 가지마다 여기저기 신록이 싹텄다. 그 위로 펼쳐진 푸른 하늘이 시원하다. 장마철에 잠시 맑은 하늘이 보이는 이런 날씨를 '5월 맑음五月晴れ'이라고 하던가? '일본 맑음日本晴れ'이라고 하던가?

어느 쪽이든 상관없다. 아무튼 오늘 날씨는 마치 하루토의 데뷔 10주년 기념 라이브를 축복하듯 화창하다.

나는 부탁받지도 않았는데 이날 밋치는 내가 보겠다고 며칠 전에 제안했다. 먼저 하루토에게 전화하고, 스미레에게도 전화를 했다. 두 사람도 무척 고마워했지만, 무엇보다 밋치 본인이 좋아해줘서 기뻤다.

9

내가 이른바 '속도위반 결혼'을 한 것은 레코딩 엔지니어 전문학교를 졸업한 직후였다. 상대는 아르바이트를 하다 만난 여대

2학년생이었는데, 그녀는 임신을 계기로 자퇴했다. 미토水戸에 있는 그녀 집으로 임신 사실을 알리고 결혼을 허락받으러 갔을 때는 부모님 앞에 엎드려 머리를 조아렸다. 그녀에게 푹 빠져 있었으니 그 정도는 힘든 일도 아니었다. 그녀와 앞으로 태어날 아이를 반드시 행복하게 해주겠다고 부모님 앞에서 마음을 다해 맹세했다.

결혼 후 우리는 그림 속의 부부처럼 행복했다.

곧 태어난 딸에게 도모미라는 이름을 지어주고, 아직 어린 부모였지만 가능한 모든 애정을 쏟으며 키웠다. 가정에는 늘 웃음꽃이 만발했다.

하는 일도 순조로웠다. 나는 타고난 음감과 집중력으로 레코딩 엔지니어로서 활약하기 시작했다. 적성에 맞았다. 졸업하고 스튜디오에 취직하자마자 곧 재능을 발휘했다. 20대 초반으로서는 분에 넘칠 정도의 수입을 얻었고, 휴일에도 쉴 수 있어 가족과 보내는 시간도 충분했다.

모든 것이 만족스러웠다.

지금 생각해도 그 당시 우리 가족을 둘러싼 공기는 늘 반짝반짝 빛났던 것 같다.

4

"아, 도시짱!"

문 너머에서 밋치의 목소리가 들렸다.

나는 여러 아이들 중에서 곧 밋치를 발견하고 손을 흔들었다. 아직 소녀라고 해도 좋을 만큼 어려 보이는 선생님이 밋치의 손을 잡고 나와 철문을 밀었다.

"오늘 밋치랑 함께 가실 다나카 씨지요? 밋치 아버님께 전화 받았습니다."

방긋방긋 웃으며 밋치의 손을 내게 넘겨주었다. 나와 밋치는 손을 잡고 걷기 시작했다.

기억 속의 도모미와 비교하면 밋치는 이제 제법 크다. 이름에 같은 글자가 있어서인지, 내 집게손가락과 가운뎃손가락을 모아서 잡는 버릇까지 둘이 꼭 닮았다.

"지난번 그림 그리기 시간에 나 도시짱 그렸어. 나중에 꼭 줄게."

"우와, 고마워. 어떤 그림인데?"

"공원에서 곤충 잡는 그림."

밋치의 발걸음이 통통 튀었다.

"아빠는 지금 라이브 하러 갔나?"

"응. 밋치도 보러 가자."

"응."

"밋치 집 앞에 차 세워뒀는데, 그거 타고 갈 거야."

그렇게 말한 순간, 밋치의 다리에 브레이크가 걸렸다. 밋치가 내 손가락을 쑥 당긴다.

"응? 왜?"

"차로 가면 역 근처 공원 지나서 가?"

"아니, 그쪽으로 안 가. 집에 가서 바로 차 타고 가자."

밋치는 한순간 내 얼굴을 보며 뭔가 생각하는 표정을 지었지만, 곧 평소의 똑바른 시선으로 돌아왔다.

"집에 가기 전에, 잠시 비행기 공원에 들르고 싶어."

"응? 항공기념공원? 방향이 완전히 다른데?"

"부탁이야, 우리 친구잖아."

"가도 되긴 한데, 놀 시간은 거의 없어."

하루토에게 유치원에서 오면 바로 공연장으로 가겠다고 말해 두었다.

"아냐, 놀고 싶은 게 아니라고. 빨리, 이쪽 이쪽!"

밋치는 나를 항공기념공원 쪽으로 끌어당겼다.

9

만남은 이별의 시작. 그 정도는 스무 살 때도 알고 있었다. 다만 내 인생에 영원한 이별이 너무 일찍 찾아올 수도 있다는 것까지는 생각하지 못했을 뿐이다.

도모미가 세 번째 생일을 맞은 지 한 달쯤 지난 6월 말의 어느 날. 마침 오늘처럼 맑은 날 오후였다. 스튜디오에 틀어박혀 일하는데 경찰에게 연락이 왔다. 수화기 저편의 목소리는 수상쩍게 느껴질 만큼 가라앉아 있었다.

"이런 말씀을 전하게 되어 대단히 유감스럽지만……."

이런 식상한 인사말 뒤로 이어진 것은, 전혀 식상한 말이 아니었다. 아내와 딸의 부고였다.

유치원에서 돌아오는 길에, 한눈파는 운전자의 차에 치여 즉사.

네?

농담하지 마세요.

장난전화인가요?

사람이 죽었다는 말을 어찌 그리 쉽게 하십니까?

나는 병원으로 달려가서 심하게 훼손된 두 사람의 시체를 목격하고서도 여전히 현실을 받아들이지 못했다.

이건 분명 뭔가 잘못된 거야.

무의식 속의 방어기제가 작동하여 내 마음의 중심부를 지켜준 것인지도 모른다. 그래서 나는 한동안 울지 않았다.

처음 눈물을 흘린 것은 평소 하던 일처럼 담담하게 진행한 장례식이 모두 끝난 날 밤이었다. 장례식장에서 집으로 돌아와 식탁에 혼자 앉아 즉석 카레를 먹었다. 카레를 다 먹고 '잘 먹었습니다'라고 인사할 상대가 없다는 사실을 깨달은 순간, 스위치가 켜졌다.

한번 울기 시작하니 멈춰지지 않았다. 울고 있는 본인이 신기하게 느껴질 정도로 눈물이 끝없이 흘렀다. 늘 지내던 집이 절망적일 만큼 넓어 보였다. 그 공간 한가운데에 홀로 남겨진 채, 나는 압도적인 고독에 짓이겨지고 말았다.

9

밋치는 널찍한 잔디 공원으로 나를 데려가서 문득 손을 놓고 잡초가 많은 구석 쪽으로 달려갔다.

"도시짱, 여기여기."

푸른 잔디 위에서 크게 손짓한다. 나는 쓴웃음을 지으며 성큼성큼 걸어갔다.

"밋치, 여기서 뭘 하고 싶은지 이제 가르쳐줘."

"응."

밋치는 고개를 끄덕이더니 갑자기 양손으로 내 오른손을 붙잡았다.

"있잖아, 도시짱. 내 부탁이라면 뭐든지 들어줄 거지?"

"아하하. 일단 들어봐야 알지."

"어, 우린 친군데?"

"친구라도 뭐든지 오케이 할 수는 없어."

밋치는 아주 잠깐 으음 하고 고민에 빠졌지만 곧 눈을 반짝였다.

"도시짱, 키 좀 낮춰봐."

"어, 왜?"

"일단, 빨리."

"어, 왜? 왜?"

"이유는 묻지 말고, 얼른. 스미레 언니였다면 벌써 로우킥을 날렸을 텐데."

엉? 무슨 말이야?

나는 몸을 굽혀서 밋치의 눈높이에 맞췄다.

"응, 낮췄어."

"고마워."

밋치는 내 오른쪽 귀 부근에 얼굴을 가까이 댔다.

비밀 이야기라도 하려나 싶었는데, 쪽.

"응?"

볼에 뽀뽀를 한다.

밋치는 놀란 나를 똑바로 쳐다보며 평소처럼 싱긋 웃어주었다.

"숙녀가 뽀뽀까지 해줬잖아. 내 부탁은 뭐든 들어주기야."

나는 무심코 웃음을 터뜨렸다.

이건 뭐 스미레보다 더하네. 밋치한텐 아무도 못 이기겠다.

"알겠어. 밋치 부탁이라면 뭐든 들어줄게. 뭘 원해?"

"있잖아……."

내 오른쪽 귀에 대고 이번에는 속닥속닥 귓속말을 했다. 주위에 아무도 없는데도.

초여름 바람. 싱싱한 흙냄새.

저 멀리 캐치볼을 하는 아빠와 아들이 있다.

밋치 이야기를 다 듣고, 나는 조금 서둘러 일어섰다. 밋치가 내 얼굴을 보지 않게끔 등을 돌리고 넘쳐흐르려는 눈물을 셔츠 소매로 재빨리 닦았다.

젠장.

밋치는 역시 나의 멋진 친구야!

소리치고 싶었다. 나는 작은 태양을 향해 휙 돌았다.

"그랬구나. 그렇다면 나도 협력해야지."

"와, 신 난다!"

싱긋!

나는 밋치와 함께 잡초 위에 엎드렸다. 마음에 쏙 드는 새 바지를 입었지만 쩨쩨하게 굴어선 안 된다.

나약한 자여, 달려라 달려. 스미레와 하루토 그리고 밋치처럼.

누군가의 웃는 얼굴을 위해, 달려라.

"라이브까지 시간이 별로 없으니까, 열심히 해보자."

"응, 알겠어!"

"아, 그런데, 밋치."

나는 엎드린 채 물었다.

"응?"

"아까 스미레가 로우킥인가 뭔가 한다는 거, 대체 무슨 말이야?"

"그건……."

그 후 밋치가 해준 이야기는 그야말로 걸작이었다. 나는 손뼉을 치며 크게 웃었다.

스미레와 하루토는 역시 환상의 콤비다.

제6장

네잎 클로버

아침에 일어나서 거울 앞에 앉았다가 시체와 눈이 딱 마주쳤다.

아윽…….

나, 괘, 괜찮겠지?

양손에 얼굴을 끼우고 뺨을 찰싹찰싹 때려보았다.

당연한 말이지만, 아팠다.

그래, 살아 있다.

만약 지금 관 안에 누워 눈을 감고 가슴에 두 손을 깍지 끼고 올리면…… 내가 시체라는 사실을 의심하는 이는 아무도 없으리라. 무엇보다 눈 밑의 다크서클이 확연히 심해져서 여태까지와는 비교가 되지 않을 만큼 새까맸다. 코미디 프로에서 웃기는 역할을 맡은 배우의 촬영용 분장이 아닌가 싶을 정도다.

어쨌거나 쓰러지지 않고 10주년 기념 라이브에 무사히 이른 나 자신이 대견스럽다. 라이브가 성공적으로 끝나면 하루토도 마음껏 칭찬해주자. 사장이라면 통 크게 갈비 정도는 쏴야겠지? 아, 고기는 살찌니까 역시 생선초밥으로 하는 게 나으려나?

흉측한 시체 같은 얼굴로 아침부터 호화로운 망상을 즐겼지만, 현실 속의 아침 메뉴는 콘플레이크였다. 과즙 100%라는 오렌지주스도 꿀꺽꿀꺽 마신다. 다 먹은 후엔 매일 아침 일과 중 하나인 링코의 운세 사이트 확인도 빼먹을 수 없다.

식물님…… 오늘은 생각지도 못한 사건에
가슴이 두근두근 벌렁벌렁할 거예요.
모든 일이 생각대로 다 풀리지는 않겠지만,
'믿는 자는 구원받는다!'는 마음가짐으로 하루를 잘 극복하길♪

윽, 말이 두루뭉술하잖아……. 보지 않는 게 나았다.

이날을 위해 죽을힘으로 뛰었다는 걸 알면 서비스로라도 듣기 좋은 말 좀 해주면 안 되나? 에잇, 얄미운 링코.

나는 흰자위를 드러낸 채 '저쪽 세계'와 통하는 링코의 흉측한 얼굴이 떠올라 킥킥 웃었다.

잠옷을 벗고 요즘 즐겨 입는 GAP 청바지와 파카를 입는다.

큼직한 여행용 가방에 판매용 CD와 광고지, 비디오카메라, 앙케트지와 회수용 상자, 사인펜 등 현장에서 사용할 여러 도구를 잔뜩 집어넣고 "읏샤!" 하고 기합을 넣으며 오른쪽 어깨에 짊어졌다. 오늘을 위해 장만한 새 나이키 운동화를 신고 밖으로 나왔다.

엘리베이터를 타고 1층으로 내려와 아파트 현관을 빠져나온 직후, 곧 발을 멈추고 오른손으로 햇빛을 가리면서 하늘을 올려다보았다. 도쿄의 좁고 모난 하늘이 색깔만큼은 반짝반짝 빛나는 파랑이었다. 먼지를 뒤집어쓴 오랜 기억의 서랍에서 소녀 시절 여름방학 때 스루가 만에서 보았던 눈부신 하늘빛이 흘러나왔다. 가슴 깊은 곳까지 말끔히 씻어줄 것처럼 투명한 블루.

'오늘 같은 특별한 날에 잘 어울리는 하늘이네.'

나는 조금 여성스러운 빨간 테 선글라스를 끼고 평소보다 보폭을 넓혀 성큼성큼 걸었다.

라이브하우스 'SPACE-ZEN'에 도착한 시각은 정확히 정오였다. 격자문을 열고 향기로운 공간으로 발을 들이자마자 마치 먹이를 발견한 피라니아처럼 유키 양이 달려들었다.

"와앙, 스미레 씨~. 오늘 우리, 최고의 라이브로 만들어봐요~."

그녀는 가녀린 팔로 나를 꼭 끌어안은 채 귀에 입술을 대고 요염한 목소리를 냈다.

"고, 고마워요. 하루토 왔어요?"

"아직요. 점장님도 뭐 사러 나가셔서, 지금 여기 있는 건 나랑 스미레 씨, 단, 둘, 뿐. 우후후후."

닭살이 돋을 만큼 관능적인 목소리인 데다 부드러운 숨이 귀에 닿아 의식이 한순간 멍해졌지만 가까스로 정신을 차렸다.

"유, 유키 씨, 나 좀 놔줘요."

"네에, 마침 점장님도 오셨으니까. 그럼, 나, 중, 에."

나를 휘감았던 유키 씨의 팔에서 해방되었을 때, 뒤에서 점장의 목소리가 들렸다.

"어, 지금 뭐……하는 겁니까?"

유키 씨는 잽싸게 로비 안쪽에 있는 카운터 바 뒤로 사라졌다.

이 상황을 어떻게 설명하면 좋을까…….

일단, 웃을까?

"아, 점장님, 안녕하세요."

그리고 산뜻한 스마일.

나, 왠지 맥도널드 아르바이트생 같다.

점장과 유키와 내가 분주하게 움직이며 관객용 의자를 나열하는 동안, 음향과 조명 담당도 도착했다.

"스미레 씨는 음향이랑 조명 먼저 보고 와요. 의자는 우리가 할 테니."

"그럼, 부탁드릴게요."

점장의 제안을 고맙게 받아들이고, 오늘 부를 곡의 순서를 음향과 조명 담당에게 건넨 후 하나하나 의논해갔다. 완벽한 무대를 만들기 위해 세세한 것까지 놓치지 않고 지시를 내린다.

그러는 동안 서포트 멤버들이 속속 도착했다. 기타, 베이스, 키보드. 모두 실력 좋고 경험도 풍부한 믿음직한 동료들이다.

서포트 멤버들과는 이틀 전에 만나 세 시간을 들여 최종 연습을 철저히 해두었다. 이들과 하루토는 오래 알고 지낸 사이여서 호흡도 척척 맞았고, 함께 만든 음은 귀에 쏙쏙 들어왔다.

다만 늘 함께했던 드러머가 일 때문에 해외에 있어서 처음 참가하는 젊은 드러머에게 맡겨야 된다는 점이 조금 걱정이었다. 그런데 아직 경력도 적은 젊은이가 타고난 감각으로 멋진 연주를 보여주었다. 하루토도 "센스 있는 친구네"라며 꽤 만족스러워했다.

음을 맞출 때 하루토는 거의 노래를 부르지 않았다. 정식 공연까지 '목'을 완벽한 상태로 보존하기 위해서이다.

음향 담당, 조명 담당과 회의를 마친 후 서포트 멤버들이 가지고 온 악기랑 앰프, 이펙트 보드 등을 사전에 작성해둔 무대 배치도대로 세팅하기 시작했다. 실제로 무대에 배치해보면 상상했던 것과 약간 차이가 나게 마련이라 그 부분은 멤버와 의논하면서 세세하게 조정했다.

기타와 의상 가방을 짊어진 하루토가 묘하게 당황스러운 모습으로 나타난 때는 오후 1시가 조금 안 된 시각이었다.

"죄, 죄송합니다. 사고가 났는지 차가 막혀서 여기까지 오는데 두 시간 넘게 걸렸어요. 일단 화, 화장실, 어디더라?"

"저쪽이야."

"우와아, 나오겠다!!"

내가 손가락으로 가리키자마자 오늘의 주인공은 한심한 목소리를 내지르며 화장실로 달렸다. 잠시 후 그 주인공이 "휴우, 다행이다. 위험했어"라며 진심으로 안도한 듯이 돌아온다.

"어머나, 하루토. 활짝 열렸어."

내가 짐짓 곤혹스러운 표정을 지으며 말하자, 하루토가 "헉!" 하면서 자기 다리 사이를 확인한다.

"앗! 어? 엉? 안 열렸는데요."

"거짓말이야."

서포트 멤버들의 얼굴에서 웃음이 터졌다.

이런 분위기로 가면 긴장이 풀려 좋은 라이브로 연결된다. 연주자도 스태프도 관객도 모두 편안한 마음으로 즐길 수 있다. 나는 이런 라이브를 만들기 위해 늘 노력해왔다.

마침내 참가자가 모두 모였다. 이제 최종 리허설을 시작해야겠다고 생각한 찰나, 휴대전화로 메시지가 왔다.

이런 타이밍에 오는 메시지라면…….

예상대로 아버지였다.

> 꿈을 현실로 만든 사람 대부분은
> 스스로 꿈을 향해 다가간 사람이다.
> 꿈이 꿈으로 끝난 사람 대부분은
> 꿈이 다가오기를 기다린 사람이다.
> BY 사쿠라 데쓰하루

요즘 어째 메시지가 뜸하다 생각했는데, 이런 글귀를 짜내고 계셨던가……. 게다가 'BY 사쿠라 데쓰하루'라니, 아버지는 유명인이 아니잖아요.

에효, 하고 쓴웃음을 지으며 마음속으로 핀잔을 준다.

그래도 요즘 엄마가 아버지더러 '귀엽다'라고 표현하는 이유를 아주 조금은 알 것 같다. 게다가 이번 메시지는 난삽한 시가 아니라 그럴 듯한 격언이어서 아버지의 새로운 모습을 만난 것 같기도 했다. 나는 곧 답장을 보냈다.

이런 격언을 생각해내다니 정말 멋진데요.
잠시 후 제가 기획한 라이브가 시작된답니다.
열심히 할게요!

처음에는 '꿈을 향해 다가갈 수 있도록, 저도 열심히 할게요!'라고 입력했는데, 다시 읽어보니 조금 낯 뜨거워서 '열심히 할게요!'라고만 남겼다.

자, 이제. 드디어 라이브 직전 리허설이다.

리허설은 이틀 전에 맞춰본 것을 '최종 확인'한다는 데에 의미가 있다. 하지만 멘트를 넣을 타이밍이나 멘트 내용 등 당일에 결정된 사항이 몇 가지 있는 데다가 하루토의 제안으로 한 곡 더 넣기로 했기 때문에 넉넉하게 두 시간을 들이기로 했다.

다른 뮤지션과 함께 하는 라이브라면 기껏해야 30분밖에 얻지 못하는데, 오늘은 원맨 라이브여서 편의를 제공받을 수 있었다.

리허설 연주는 연습한 대로 높은 수준을 보여주었다. 문제라곤 전혀 없었다. 음향 담당도 내 의도를 세심하게 살펴주었고, 조명 색깔이나 타이밍도 완벽했다. 새로 참가한 드러머도 오히려 너무 잘해서 의아할 정도였다.

무엇보다 모든 스태프가 화기애애한 분위기 속에서 함께 음악을 즐긴다는 사실에 나는 안심했다. 이럴 때는 '음을 타는 감각'이 상승하므로 라이브는 거의 틀림없이 성공한다.

한 가지 마음에 걸리는 점이 있다면…… 도시짱과 밋치가 아직 오지 않았다. 벌써 도착했어야 할 시간인데…….

하루토도 걱정이 되는지 리허설 도중에 자꾸 입구 쪽으로 힐끗힐끗 시선을 주었다.

개장 40분 전인 오후 5시 50분. 나는 근처 편의점에 주먹밥과 마실 차를 사러 나왔다. 하루토와 서포트 멤버들을 먹이려는 것이다. 분장실 테이블에 펼쳐놓고 각자 원할 때 먹고 마시면 되니까.

나는 지갑을 한쪽 손에 들고 라이브하우스 정문을 통해 밖으로 나왔다. 그 순간, 나도 모르게 입에서 행복한 한숨이 흘렀다. 입구부터 계단을 따라 긴 줄이 형성되어 있었다. 대강 50명 정도는 되는 것 같았다. 스마일 티켓 효과인지 남성 관객의 모습이 예전에 비해 월등히 늘어났다.

먹을 것을 사고 편의점 봉투를 손에 들고 돌아왔을 때는 줄이 더 길어져 있었다. 참으로 고마운 그 줄 옆으로 지나간다.

그때 뒤에서 부르는 소리가 들렸다.

"아, 스미레!"

돌아보지 않아도 누구인지는 알지만, 그래도 당연히 돌아본다. 줄 안에서 반가운 두 얼굴을 발견했다.

"미사키, 링코! 와줬구나."

"당연하지. 스미레가 우리 술자리도 마다하고 열심히 만든 라이브인데."

"게다가 운세에 말이야, 오늘 내 행동 하나로 감동적인 순간을 맞을 수 있대. 틀림없이 좋은 일이 생길 거야."

나는 이 깜짝 등장에 감동받아 신에게 진심으로 감사했다.

"니들이 도와줘야 할 일이 있는데."

"어, 뭔데?"

미사키가 묻는다.

"우리 몸값 엄청 비싸거든."

그러면서 장난스럽게 웃는 건 물론 링코다.

"아하하. 다음에 한턱낸다니까."

"와, 신 난다. 이 두 미녀에게 뭘 시키고 싶은 거야?"

"도시짱 대신에 비디오 녹화 좀 해줬으면 좋겠어. 테이프가 다 돌아가면 새 테이프로 교환하고 다시 녹화 버튼을 누르기만 하면 돼. 높은 자리에서 볼 수 있으니 더 좋을 거야."

"그것만 하면 돼?"

링코가 묻는다.

"응. 그것만 하면 돼."

"뭐야, 그 정도는 식은 죽 먹기지."

"그렇지?"

나는 두 사람을 줄에서 끌어내어 라이브하우스 안으로 데려갔다. 객석 가장 뒤쪽 음향실 옆에 한 단 높게 만들어진 좌식 공간으로 안내한다. 사방이 2미터쯤 되는 좁은 공간이지만, 둘이서 점령하면 어떤 의미로는 특등석이다. 비디오카메라 사용법을 간단히 가르쳐주었다. 결과적으로 링코는 심각한 기계치였지만 미사키는 설명할 필요도 없을 정도여서 한시름 놓았다.

"우리가 비디오 돌리는 건 좋은데, 왜 도시짱이랑 밋치가 아직도 안 오는 거지?"

"모르겠어. 몇 번이나 전화하고 메시지도 보냈는데 답이 없어."

"걱정이네."

점술사 링코가 그렇게 말하니 왠지 더 불길해지는 것이었다. 하지만 오늘의 운세는 '믿는 자는 구원받는다'였다.

"응. 그래도 도시짱이 있으니 괜찮을 거야. 믿는 자는 구원받는다잖아."

"와, 스미레, 착하네. 내 운세, 잘 읽고 있구나."

"물론이죠. 비디오도 찍을 줄 모르는 점쟁이 선생님."

놀렸더니 링코의 손이 내 이마로 쓱 뻗어 나왔다. 잠시 후 내 이마 위에 불꽃이 튀었다.

"앗, 아야!"

딱밤. 로우킥보다는 귀엽지만, 정말 아팠다.

"응징이다."

이마를 누르고 다리를 버둥거리는 나를 보고, 링코가 회심의 미소를 짓는다.

"스미레, 빨리 주먹밥 가지고 분장실로 가야지. 다들 배고프겠다."

미사키가 웃으며 무대 안쪽을 가리켰다.

"응. 그럼 잘 부탁할게. 미사키, 나 대신 복수 좀 해줘."

나는 링코를 향해 딱밤을 날리는 시늉을 한 후 아직도 지끈거리는 이마를 문지르면서 분장실로 향했다.

분장실로 들어가자 하루토도 서포트 멤버도 이미 무대의상으로 갈아입은 뒤였다.

거울과 파이프 의자와 간이 테이블밖에 없는 살풍경한 분장실은 전체적으로 편안한 분위기이면서도 적당한 긴장감을 잃지 않고 있었다. 스트레칭을 하는 베이시스트. 담소를 나누는 기타리스트와 드러머. 키보드 담당은 벌써부터 주먹밥을 입에 넣고 있다.

나는 거울 앞에서 머리를 정돈하는 하루토에게 QR코드가 인쇄된 광고지를 건네며 말했다.

"하루토, 앙코르까지 끝난 후에 이 광고지를 관객들에게 보여주면서 '이걸로 휴대전화 벨소리를 한 곡 다운로드할 수 있어요' 라고 공지해줘. 공연 끝나고 출구에서 나눠줄 거거든."

"오케이, 알겠어요."

엄지손가락을 세우면서 대답한 하루토는 건네받은 광고지를 반으로 접어 바지 뒷주머니에 쑤셔 넣었다. 그러고 아주 조금 그늘진 시선으로 나를 보았다.

"도시짱한테선 아직 연락 없어요?"

나는 한순간 대답을 망설였다.

라이브의 성공을 바라는 사장이라면 아까 연락이 왔었다고, 이제 걱정하지 말라고 거짓말해야 하는지도 모르겠다는 생각이 들어서였다. 하지만 내 입은 선천적으로 솔직해서, 나도 모르는 사이에 입꼬리를 쏙 올리고 이렇게 대답했다.

"괜찮을 거야. 도시짱이랑 같이 있잖아. 계속 연락해볼게."

"응, 뭐, 괜찮겠지요."

하루토는 자신을 납득시키려는 듯 살짝살짝 몇 번이나 고개를 끄덕이며 중얼거렸다.

"혹시 공원에서 노는 거 아냐?"

"그럴 가능성도 있어요. 도시짱이랑 노는 거 좋아하니까……."

마음과는 다르지만 일단 말이라도 긍정적으로 해본 것 같은 음성이었다. 불안한 건 이해한다. 하지만 지금은 도시짱을 믿을 수밖에 없다.

"하루토, 이번엔 정말 지퍼가 반쯤……."

"앗?"

깜짝 놀라 다리 사이를 들여다보는 하루토.

"아까도 속아놓고."

"아, 이런."

둘이서 쿡~ 하고 살짝 웃었다.

3

개장 시간이 지나자 라이브하우스 안은 관객들로 넘쳐나 기온이 단번에 2~3도는 오른 것 같았다. 카운터 바의 유키도 몹시 바쁜 기색이다. 관객들이 대충 자리에 앉자, 나는 분장실로 이어지는 무대 옆 통로에 섰다. 무대와 객석 양쪽을 한 번에 볼 수 있으므로 무슨 일이 있을 때 신속하게 지시를 내릴 수 있다.

우선 링코에게 전화를 걸었다.

〈네~, 점쟁이 선생입니다~.〉

쾌활한 목소리가 수화기를 통해 들린다.

"아하하하. 저기, 링코. 나는 라이브 내내 여기 있을 거야. 손 흔드는 거 보이지?"

몸을 쭉 펴고 손을 크게 흔들어 공연장 뒤쪽에 있는 링코에게 신호를 보냈다.

〈응, 보인다 보인다. 그런데 말이야, 스미레 마빡 너무 딱딱해. 내 손톱 장식 다 벗겨졌어. 어쩔 거야.〉

링코 목소리 뒤에서 미사키의 웃음소리도 들린다.

"불평하고 싶은 건 나라고! 내 마빡이 딱딱한 게 아니라 링코네 손가락이 무쇠 같았어. 불꽃이 탁탁 튀더라, 진짜. 아, 참, 미사키 좀 바꿔줄래?"

링코는 〈옙!〉 하고 씩씩하게 대답한 후 미사키에게 전화기를 넘겨주었다.

〈응, 잘 보여, 스미레.〉

"그래, 나는 라이브 내내 여기 있을 거야. 그런데 여기 있으면 관객들한테 음이 어떻게 들리는지 잘 모르거든. 가끔 미사키한테 메시지나 손짓으로 신호를 보낼 테니까, 음에 문제가 있으면 바로 알려줄래?"

〈오케이. 나한테 맡겨. 문제 있으면 음향 담당하시는 분에게 말할까? 바로 옆에 있으니까.〉

"아니, 괜찮아. 문제가 생기면 내가 그쪽으로 가서 지시할게. 미사키는 비디오 잘 부탁해."

"넵!"

미사키까지 씩씩해졌다. 둘 다 라이브하우스 특유의 열렬한 분위기에 휩쓸려 흥분 상태가 되었는지도 모른다.

"그럼 부탁할게."

짧게 말하고 나는 전화를 끊었다.

이럴 때 같은 업계에 종사하는 친구가 있으면 큰 도움이 된다. 늘 도시짱에게 부탁했는데…….

다시 한 번 도시짱에게 전화를 걸어보았다. 단말기에서 들리는 건 여전히 부재중임을 알리는 기계음뿐이었다.

조명이 쓰윽 어두워진다.

암흑에 감싸인 꽉 찬 객석.

캄캄한 무대.

색을 잃은 공간이 조금 술렁거린다.

그와 동시에 객석 전체로 두근두근 긴장감이 퍼져나간다.

그리고…… 어둠 속에서 예고도 없이 탁탁탁, 하는 드럼 스틱의 마른 소리가 났다.

첫 번째 곡이 시작된다.

암전되었던 조명이 무대를 확 비춘다. 객석에서 환호성이 작렬한다. 영혼을 움켜쥐고 강제로 뒤흔드는 듯한 하루토의 노랫소리가 공연장 안에 울려 퍼졌다.

조금 전까지 공터 한가운데에 핀 불안한 민들레 같던 남자가 아우라를 눈부시게 발산하는 카리스마로 변신했다. 몇 번을 봐도 하루토의 이 변신에는 익숙해지지가 않는다. 경탄을 금할 수가 없다.

첫 곡이 시작되고 20초가 지나자, 하루토는 관객들의 심장을 화살로 쏘고 모르핀으로 감각을 마비시키기 시작했다. 1분이 지났을 때는 관객들의 심장이 모두 하루토의 손 안에 있었다.

나는 무대 옆에 서서 미사키 쪽을 보았다. 곧 눈이 마주쳤다.

'보컬 소리, 높이는 게 좋을까?'

몸짓으로 물으니, 미사키는 고개를 저으며 머리 위로 커다란 원을 만들었다.

'이대로 좋아.'

좋았어. 일단 안심하고 휴대전화를 들었다. 아직 도시짱에게서는 답이 없다.

객석의 가장 앞자리를 보았다. 나란히 두 자리가 비어 있다. 밋치와 도시짱 자리다. 도시짱은 그 의자에 앉아 밋치를 돌보면서 이따금 비디오테이프를 교환해주기로 했었다.

도시짱, 밋치……. 사고라도 난 건 아니겠지?

불길한 생각이 든 순간, 위장 안에서 시커먼 열이 피어올랐다.

내가 이렇게 걱정이 되는데 아빠인 하루토는 오죽할까?

그런데도 무대 위의 카리스마는 여전히 프로다운 모습을 보여주었다. 자신만의 메시지를 음악이라는 멋진 진동에 담아, 듣는 이 한 사람 한 사람의 가슴에 안겨주고 있다. 그만큼 난이도 높은 일에 영혼을 모두 쏟아붓고 있었다.

세 번째 곡이 시작될 즈음에는 하루토가 내뿜는 독특한 흔들림이 공간을 삼켜버려 객석 전체가 아지랑이처럼 일렁이는 듯 보였다.

라이브에 일체감이 형성되었다. 그 중심에 하루토가 군림했다.

그때 나는 갈망했다. 내가 맛있는 간장을 만드는 아버지의 뒷모습을 봐왔듯이, 밋치에게도 세상에서 가장 멋진 일하는 아빠의 모습을 보여주고 싶다고.

부탁입니다, 신이시여.

그 두 사람을 무사히 여기로 데려와주세요.

불전함에 500엔이나 넣었잖아요.

링코처럼, 고작 500엔에도 신은 움직여주었다. 일곱 번째 곡에 들어가기 직전 멘트가 시작되었을 때였다.

경쾌한 곡이 끝난 후 쏟아지는 박수와 환호성 속에서 하루토가 마이크를 향해 천천히 다가간다.

"감사합니다. 여기까지 제가 옛날에 만든 곡을 불러봤는데요, 어떤가요? 네? 젊고 발랄한 느낌에, 제법 괜찮지요? 아, 이건 자화자찬인가?"

하루토가 장난스러운 웃음을 머금으니 객석까지 전염되어 여기저기서 까르르 웃음이 터졌다.

"아, 왜 그렇게 웃으세요. 제가 꼭 젊지 않다는 뜻 같네요."

공연장이 더 큰 웃음으로 가득 채워졌다.

"어느새 저도 데뷔한 지 10년이 되었어요. 역시 젊지는 않네요. 서른이니까."

이 타이밍에 데뷔 후 활동을 정리해서 이야기하고 팬들에게 감사 인사를 하자고 회의 때 결정했었다.

여섯 번째 곡까지는 메이저 시절에 부른 곡이고, 다음 일곱 번째부터는 솔로로 다시 데뷔한 후의 작품, 즉 나와 함께 만들어낸 곡을 발표하게 된다.

이에 관해서는 내 마음속에 담아둔 비밀스러운 이미지가 있다.

이때를 기점으로 하루토가 격변을 이룬다는 것.

껍질을 벗고, 번데기에서 나비로.

아니, 파란 봉오리에서 사자를 닮은 최강의 노란 꽃으로.

밟혀도 반드시 다시 일어나 가장 밑바닥에서 조용히 작은 꽃잎을 펼치는 꽃. 꽃병에 장식되지 않는 걸 자랑으로 여기고, 비참할 정도로 강인하고, 초라할 정도로 아름다운 꽃.

어디든 피고 누구든 친근하게 느끼는 꽃.

세상의 유일한 잡초로서 화려하게 피어주길 바란다.

최강의 민들레.

"저, 메이저 시절에는 밴드 보컬로 활동했잖아요. 지금 10년차가 되어 다시 솔로로 서니 이런 생각이 들어요. 음악이란……."

그때 하루토의 눈이 활짝 열렸다. 똑바른 시선이 객석 가장 뒤쪽 공연장 입구에 꽂혔다. 나도 그 시선을 좇았다.

도, 도시짱!

군모를 거꾸로 쓴 도시짱이 문을 열고 들어온다. 그의 오른쪽 팔에 밋치가 안겨 있다.

나는 도시짱을 향해 손을 크게 흔들었다. 이쪽을 본 도시짱이 밋치를 안은 채 관객들 틈을 헤치고 다가왔다. 하루토는 마이크를 손에 들고 그 모습을 묵묵히 눈으로 좇았다.

"하루토!"

여성 관객의 외침에 하루토도 정신을 차린 모양이었다.

"아, 으음, 뭐였더라? 미안, 정말 미안해요. 방금 너무 기쁜 장면을 봐서, 말하던 도중에 멈추고 말았네요. 이것 참, TV라면 방송 사고를 낸 셈이군요."

하루토가 농담하자 객석에 감돌던 긴장이 풀리고 공연장에 웃음이 번졌다. 도시짱이 내가 있는 곳으로 왔다.

"기다렸지?"라며 웃는다.

"뭐야, 여태까지 어디서 뭐하다……."

"스미레, 미안한데, 잔소리는 나중에."

"응?"

"갑작스럽지만, 우리가 무대를 좀 가로챌게."

도시짱이 밋치를 안고 무대 쪽으로 걸어간다.

응? 무대를?

"자, 잠깐, 도시짱!"

내 목소리가 도시짱의 의연한 등에 부딪혀 떨어졌다. 평소의 도시짱이 아니었다. 나는 멍하니 그 등을 바라보며 서 있었고, 하루토는 다가오는 두 사람을 보고 다시 멘트를 중단했다.

무대 바로 앞, 게다가 한가운데.

하루토의 눈과 코 앞에 키 큰 도시짱이 섰다. 그 팔에 밋치가 안겨 있다. 도시짱도 밋치도 무릎 부위에 흙이 묻어 새까맣게 더러워져 있었다. 밋치는 양쪽 볼에도 흙이 살짝 묻었다.

대체 무슨 일이지?

하루토도 나도 관객도, 이 자리의 모두가 말없이 집중하고 있다. 지금부터 뭔가가 시작된다……. 그런 기대감을 품은 뜨거운 침묵이 공간을 가득 채웠다.

"하루토, 늦어서 미안."

도시짱은 무대 위에서 굳어 있는 하루토를 올려다보고 싱긋 장난스럽게 웃었다. 그리고 계속했다.

"10주년 기념으로, 밋치가 주는 기적의 선물이야."

"어……?"

고개를 갸우뚱하는 하루토.

“자, 밋치, 선물 전달해야지?”

밋치가 도시짱에게 안긴 채 무대 위의 하루토에게 살짝 팔을 뻗었다. 자그마한 손가락 끝에 자그마한 뭔가가 있다.

풀?

몸을 굽히고 받는 하루토.

“잠깐 귀 좀” 하더니 밋치가 하루토에게 짧은 귓속말을 했다.

모두 숨 죽인 듯한 고요함.

하루토가 자기 손가락 끝에 있는 것을 말끄러미 바라본다.

“이, 이건…….”

“밋치가 온 힘을 다해 찾은 기적이야.”

도시짱이 말했다.

“혹시, 그래서, 오늘…….”

“응. 덕분에 지저분한 꼴로 오게 됐네.”

하루토가 마이크를 든 채 고개를 숙인다. 곧 그 어깨가 가늘게 떨리기 시작했다.

“고마워…….”

목이 멘 소리로 마이크를 통하지 않고 중얼거린다. 그 작은 중얼거림이 내 귀에도 들렸을 정도로 공연장 안은 물을 끼얹은 듯 조용했다.

“아, 어떡하지, 이러면. 진행을 못 하는데…….”

고개를 푹 숙인 채 가까스로 마이크에 대고 말한 하루토.

그때 언젠가 들은 적 있는 응원의 말이 똑같이 내 귀에 닿았다.

"아빠, 파이팅!"

밋치의 목소리가 울려 퍼지자 객석에서 따스한 웃음이 터졌다.

"봐, 밋치, 응원받으면 더 눈물 난다니까."

하루토가 얼굴을 든다. 눈물방울이 볼을 타고 주르르 내려와 무대에 떨어졌다. 우는 하루토를 보고 관객들은 숨을 삼켰다.

"으음, 계속해보겠습니다. 목소리가 잘 나올지는 모르겠는데요……."

짝짝짝 하고 박수 소리가 일었다.

"무슨 말 할 차례였더라……. 할 수 없네요, 애드리브로."

다시 터진 박수 소리.

"하루토!"

"파이팅!"

"하루토!"

객석에서 응원의 목소리가 날아올랐다.

"감사합니다. 제가 방금 받은 이것, 뭐라고 생각하세요?"

하루토는 풀 같은 것을 객석을 향해 들어 보였다.

"자세히 보니…… 네 잎 클로버예요. 제 딸 밋치가 열심히 찾아준……."

하루토는 언젠가 그랬듯 셔츠 소매로 마치 소년처럼 눈물을 닦았다.

"게다가 두 개나 찾았군요. 하나는 제 것이고, 또 하나는 스미레 사장님 것이랍니다. 한 번 실패한 저를 다시 일으켜 세워주신 스미레 사장님…… 덕분에 제가 지금 이렇게……."

웃음과 울음이 섞인 얼굴로 하루토가 이쪽을 본다. '자, 여기 봐요'라는 듯 네 잎 클로버를 들어 보인다. 나는 예상 밖의 전개에 꼼짝도 할 수 없었다. 눈을 깜빡이는 것도 숨 쉬는 방법도 잊어버렸다.

"사실은 오늘 라이브, 밋치도 처음부터 보기로 했는데. 그런데 라이브가 시작되었는데도 나타나지 않아서……. 저, 엄청 걱정했거든요. 그런데 그동안 이렇게 멋진 선물을 찾고 있었네요……. 그래서 늦었대요. 자세히 보니, 무릎이, 무릎이 말이죠, 흙으로 새까매져서……. 대체 몇 시간을 찾은 거야……."

하루토가 흐느낀다.

"아빠, 파이팅!"

밋치의 귀여운 목소리에, 관객들의 얼굴에는 부드러운 웃음이 일었다.

"아하하. 밋치, 안 된다니까. 그런 말 들으면 더 눈물 난다고."

하루토가 천천히 무대에서 내려왔다.

도시짱에게서 밋치를 받아 왼팔로 안는다. 들고 있던 두 개의 네 잎 클로버를 밋치 손에 쥐여준다. 그대로 다시 무대에 오른다. 밋치를 안은 채 뒤돌아 객석을 향해 선다. 마치 느린 화면처럼 그 민들레 같은 미소를 지어주었다.

"응원을 받으면 더 눈물이 나지만…… 그래도 밋치가 응원해주기만 한다면 나는…… 나는 어디까지든 날아갈 수 있을 것 같아요. 밋치는 노래하는 아빠가 제일 멋지대요. 그런 말을 들을 때마다 나는 음악의 힘을 믿고 이 일을 계속해나갈 수 있게 됩니다. 그러니까…… 밋치."

하루토는 조용한 목소리로 말하고 눈을 감으면서 밋치와 이마를 맞댔다.

"늘, 정말, 고마워……."

하루토의 턱 끝에서 눈물이 뚝뚝 떨어진다.

내 볼도 흠뻑 젖었다. 도시짱도 손등으로 눈물을 닦고, 객석에서도 많은 사람이 훌쩍거린다. 서포트 멤버들까지 고개를 숙이고 운다.

이렇게나 따스한 공간이 다 있다니.

"여러분께 정식으로 소개하겠습니다. 이 아이는 내 최고의 보물, 밋치입니다. 목숨보다 소중한 딸, 유일한 가족입니다."

밋치의 얼굴이 찡그려지면서 당장이라도 울 것 같다.

그때.

"밋치 너무 귀여워요!"

큰 소리가 객석 뒤편에서 날아들었다. 링코 목소리였다.

그 소리를 들은 밋치가 울면서…….

방긋!

밋치의 순수한 미소가 관객들의 심장을 뚫은 듯 웃음이 와르르 터져 나왔다. 나도 도시짱도 하루토도…… 울던 사람들의 얼굴이 모두 웃는 얼굴로 바뀌었다.

하루토가 다시 무대에서 천천히 내려와 밋치를 도시짱에게 맡긴다. 눈부신 조명 한가운데에 서서 서포트 멤버들을 향해 고개를 끄덕인다.

라이브가 다시 시작된다.

"사실은 오늘, 계획에 없었던 곡을 즉흥적으로 끼워 넣었는데, 정말 잘한 것 같아요. 음악의 신은 정말 센스 넘치는 분이에요."

옆에 있던 어쿠스틱기타 끈을 어깨에 메고 마이크 스탠드 앞에 섰다. 세상에서 가장 멋진 아빠의 아우라가 온몸에서 순식간에 퍼져 나왔다.

"그 곡을 불러보겠습니다. 우리 스미레 사장님을 위해 만든 곡이에요."

조명이 어두워지고 스포트라이트만 남았다.

"10년이 지나도, 20년이 지나도, 나는 계속, 언제까지나, 여러분의 웃는 얼굴을 보고 싶습니다. 하루토가 부릅니다, 네 잎 클로버!"

……원, 투, 스리!

제 7 장

어떤 해피엔드

'잘 잤니?'

자명종 시계 알람도 아니고, 거리가 내뿜는 소음도 아니고, 나는 내 안에서 나직하게 들리는 목소리에 따르듯 잠에서 깨어났다.

평온한 몸과 마음. 부드러운 호흡.

눈꺼풀이 자연스럽게 올라간 듯한 느낌. 라벤더의 잔향.

이처럼 개운한 기분으로 아침을 맞는 게 대체 얼마 만인지, 생각하면 감격스럽기까지 하다. 나를 따스하게 감싸주는 깃털 이불까지 사랑스럽게 느껴졌다. 늦은 아침 햇살이 따뜻한 색감의 커튼을 통과하여 방을 밝게 비춘다. 나의 '성역'은 천장의 하얀 벽지 무늬까지 식별이 가능할 정도로 이미 환하다.

베개 위에서 머리를 움직여 벽시계를 보았다.

11시가 조금 넘었다.

늦잠의 행복을 음미하며 지난밤의 라이브를 생각했다.

하루토, 밋치, 도시짱, 링코와 미사키, 서포트 멤버들, 관객, 점장과 유키 씨, 음향과 조명 담당. 그리고 나.

많은 눈물과, 그보다 더 많았던 웃음.

그곳에 있는 사람 모두가 공통으로 느꼈던 그 신비로운 기분은 대체 무엇이었을까?

잘 표현할 수는 없지만, 영혼의 어떤 근원 같은 부분이 다정한 온기에 스르르 녹아 어느새 모두 하나로 연결된 듯한, 그런 달콤하고 신선한 쾌감이었다.

밋치와 도시짱이 무대를 장악한 그 시점 이후부터 공연장 안은 마치 꿈의 세계처럼 황홀했다. 무대는 뜨거웠고, 관객은 마지막까지 열광적인 호응을 보냈다. 내 계획대로, 아니, 기대를 훌쩍 뛰어넘도록 하루토는 그 순간을 기점으로 한 껍질 벗고 날아올랐다.

회상하는 동안, 감동의 여운이 가슴속으로 천천히 흘러와 깊은 한숨을 입 밖으로 밀어냈다. 또 눈물이 나오려 한다.

어제까지 나는 죽을힘으로 달렸다. 도중에 과로로 몇 번이나 쓰러질 뻔했다. 다크서클도 차마 눈 뜨고 볼 수 없을 정도였다.

그런 날들의 끝에 어젯밤의 라이브가 있다면, 나는 지금 당장이라도 다시 달릴 수 있을 것이다. 달리는 과정이 죽을 만큼 힘들어도 도달하게 될 목적지에 짜릿한 성취감이 기다린다면, 그것만으로 족하다.

전율이 흐르는 듯한 그 느낌은 정말이지 마약이다. 도저히 멈출 수 없다. 이런 게 바로 '일하는 보람'일까?

사장의 눈으로 봐도 어젯밤의 라이브는 성공적이었다.

티켓은 매진되었고, 라이브가 끝난 후 CD 판매대 앞에는 긴 줄이 형성되었다. 게다가 눈 깜짝할 사이에 다 팔렸다.

CD 한 장 한 장에 하루토가 사인을 하고 관객과 악수하는 자리를 마련했는데, 하루토 옆에 있는 밋치에게도 악수를 청하는 관객이 많았다. 무척 따스하고 흐뭇한 광경이었다.

라이브가 끝난 후, 나는 음향과 조명 담당, 라이브하우스 스태프와 서포트 멤버 등 많은 사람에게 "고마워요"라는 인사를 받았다.

이런 라이브는 처음이었다.

늘 내가 먼저 굽실굽실 머리 숙이며 "감사합니다!"라고 인사하고 다녔어야 했는데…….

초대했던 여러 메이저 기획사의 프로듀서들, 제휴를 부탁했던 클라이언트들도 모두 다 칭찬을 한마디씩 남기고 돌아갔다.

메이저 복귀라는 하루토의 꿈도 가능성으로 따지면 역시 제로가 아니다. 지금까지 해왔던 것처럼 꿈을 향해 1밀리씩이라도 다가간다면 언젠가는 이루어지리라. 그 유명한 '사쿠라 데쓰하루' 선생이 보낸 메시지에도 그런 말이 있지 않았던가?

CD 판매가 끝난 뒤 마지막 뒷정리를 하고 라이브하우스 밖으로 나왔을 때, 하루토는 졸린 듯 눈을 비비는 밋치를 차에 태우고 막 돌아가려던 참이었다. 나는 도시짱의 차로 패밀리레스토랑에 가서 둘이서 천천히 식사를 했다.

도시짱은 파스타를 먹으며 낮에 항공기념공원에서 있었던 일련의 사건을 하나하나 자세히 들려주었다. 새 바지가 시커멓게 되도록 네 잎 클로버를 찾았지만, 결국 둘 다 밋치가 발견했다고 한다.

나는 노란 종이봉투에서 네 잎 클로버를 꺼내보았다. 이 봉투는 라이브가 끝난 후 분장실에서 밋치가 접어준 것이다.

"내 것까지 찾아주다니, 정말 감동했어."

나는 뭉클한 감각을 가슴에 품은 채 행운의 풀을 바라보았다.

"응, 밋치는 참 다정한 아이야. 나도 선물 받았어, 자, 이것 봐. 감동적인 작품이지?"

도시짱이 가방 안에서 B4 사이즈의 도화지를 꺼냈다. 공원 같은 곳에서 잠자리채를 흔드는 남자가 크레파스로 그려져 있고, 초록색 땅 중앙에는 진짜 네 잎 클로버가 셀로판테이프로 붙어 있었다. 하늘에는 커다란 무지개. 함께 그려진 자그마한 아이는 밋치겠지.

"보기만 해도 즐거워지는 그림이네."

"응. 밋치랑 내가 놀고 있는 거래. 보고 있으면 마음이 편안해져. 작업실 벽에 붙여둬야지."

"무지개랑 네 잎 클로버야. 행복이 가득한 그림이네."

도시짱이 고개를 끄덕였다. 일단 숨을 깊이 들이마시더니 내가 몰랐던 이야기를 털어놓기 시작한다.

"사실은 말이야……. 얼마 전에 어머니의 날이었잖아. 밋치 유치원에서 엄마를 그리는 시간이 있었대. 그때 이 그림을 그렸다나 봐."

"그랬구나……."

"선생님이, 아빠 말고 밋치를 사랑해주는 사람을 그리면 되겠다고 했다는 거야."

눈물 많은 도시짱은 거기서 말을 멈추더니 갑자기 하품을 했다. 눈물을 감추기 위한 '거짓 하품'이라는 건 알았지만, 마음이 넓은 나는 굳이 그 사실을 들추지 않았다.

"그렇구나. 도시짱은 밋치에게 엄마와도 같은 존재였어."

"난 그래도 일단은 남잔데."

그러면서도 싫지는 않은 표정이다.

"난 그래도 일단은 여잔데."

나는 투덜대며 약간 불만스러운 표정을 지어본다. 그러자 도시짱이 고개를 기울이고 나를 아래쪽에서 흘겨보듯 하더니 이런 말을 한다.

"로우킥 같은 걸 하니까 여자로 안 보이지."

"헉, 어, 어떻게 알았어?"

"나는 뭐든 알지."

도시짱이 유쾌하게 웃다가, 그 잘난 척하는 표정 그대로 말을 잇는다.

"뭐든 안다고 한 김에 조금 실망스러운 이야기를 하자면, 스미레랑 하루토가 받은 풀, 사실은 클로버 아니야."

"어……, 그럼 뭔데?"

"잎을 자세히 봐봐. 하나하나가 하트 모양이지?"

"응, 그러네. 귀엽다."

"귀여운데, 사실은 그 풀, 괭이밥이라는 잡초야. 진짜 클로버 잎은 더 동그스름하고 V자 모양의 흰무늬가 있거든. 뭐, 괭이밥도 보통은 세 잎이고, 네 잎은 귀하긴 하지."

"그렇군……. 도시짱은 그걸 알면서도 밋치한테는 말하지 않았구나."

"응. 안 했어."

나는 왜? 라는 하찮은 질문은 하지 않았다.

대신 이렇게 말했다.

"동그란 것보다 하트가 더 귀엽고, 좋은 일도 왠지 더 많이 생길 것 같아."

"그렇지?"

도시짱은 다정한 눈빛으로 싱긋 웃어주었다. 나는 궁금했던 것을 별 기대 없이 물어보았다.

"뭐든 아는 도시짱, 원래는 세 잎인데 가끔 네 잎으로 나오는 이유가 뭐야?"

도시짱의 웃는 얼굴 위로 소년 같은 장난스러움이 천천히 번졌다.

"스미레, 내가 모를 줄 알지?"

"어, 안단 말이야?"

"당연하지."

"그럼 가르쳐줘."

"커피 가져다주면."

"뭐야, 교환 조건이야?"

마음이 넓고 학구열에 불타는 나는 고분고분 음료 코너로 가서 커피를 두 잔 가져왔다.

"여기 있습니다, 선생님."

"좋아, 가르쳐주마. 필기 준비는 됐나?"

도시짱은 커피를 한 모금 홀짝이고는 괜스레 우쭐해하며 팔짱을 끼고 이야기하기 시작했다.

"클로버가 네 잎을 가지게 되는 이유에는 여러 가지 설이 있는데, 가장 유명한 것은 사람들에게 밟히는 동안에 성장점을 다쳐서 잎이 한 장 더 나와버린다는 거야. 그래서 사람들이 많이 지나다니는 길에서 찾으면 발견할 가능성이 높대."

"호오. 밟혀서 그렇구나."

"응, 사실인지 아닌지 조금 의심스럽지만 말이야. 과학적으로는 유전자 문제라는 설이 유력해. 네 잎을 가진 꽃끼리 교배하면 또 네 잎이 나올 확률이 높다고 하니까."

"흐음."

과학적인 사실보다 지금은 앞 이야기를 믿고 싶었다. 그래서 말했다.

"짓밟히고, 상처 입고, 그 결과로 누군가에게 행복을 전하는 존재가 된다니, 너무 아름답지 않아?"

내가 잘 아는, 어느 딸 바보 가수 이야기 같군.

"그러게. 정말 아름다운 이야기야."

"그럼 이번엔 내가 좋은 거 가르쳐줄까?"

"응, 뭔데?"

여전히 마음이 넓은 나는 다 마신 커피 잔을 도시짱 앞으로 내밀었다.

"리필 부탁해요."

"스미레한텐 못 당해."

도시짱은 웃으면서 음료 코너로 갔다가 곧 돌아왔다.

"존경하는 선생님, 여기 리필입니다."

"좋아, 가르쳐주마. 용서란, 짓밟힌 제비꽃이 자신을 짓밟은 발뒤꿈치에도 향기를 남기는 것과 같다. 《톰 소여의 모험》을 쓴 마크 트웨인이라는 사람이 남긴 말이야."

짓밟힘으로써 행복을 전하는 건 네 잎 클로버도 그렇다. 즉, 원수를 은혜로 갚는다. 그게 바로 용서.

'원수를 로우킥으로 갚으면 안 되는데…….'

그런 생각을 하면서 나는 그만 히쭉히쭉 웃고 말았다.

도시짱은 잠시 눈을 감고 그 격언의 의미를 생각하는 듯했다. 눈을 뜨면서 빙긋 악마 같은 미소를 짓는다.

"그러니까, 내가 스미레를 괴롭히면 괴롭힐수록 스미레는 나한테 잘해준다는 뜻이지?"

"앗, 아깝다! 괴롭히면 사랑의 로우킥으로 갚아준다는 게 정답인데. 시험 삼아 한번 괴롭혀볼래?"

♪

여기까지 이불 안에서 회상한 후에 나는 혼자 볼 근육을 느슨하게 풀어놓고 히죽히죽 웃었다.

"아, 아냐, 그만둘게. 한번 차이면 3일간은 아프다니."

마지막에 도시짱이 진지한 표정으로 말하며 고개를 절레절레 흔드는 모습이 제일 웃겼다.

이제 일어나볼까?

나는 이불에서 쏙 빠져나와 나만의 성역에서 회사로 1초 만에 출근해서 세수하고 이 닦고 커피를 내렸다.

눈 밑의 다크서클은 꽤 옅어져 있었다.

'하루 만에 이렇게까지 회복되다니, 나도 아직 젊네.'

자화자찬을 해본다.

서른 넘은 여자가 미모를 유지하기 위한 비결은 자화자찬과 타인의 칭찬이라고 누군가에게 들은 적이 있다. 후자를 기대할 수 없을 때는 전자를 최대한 활용하는 게 현명하다. 여자라는 생물은 칭찬받아야 예뻐지는 법이니까.

진한 커피 맛을 음미하며 노트북을 열고 링코의 운세를 확인한다.

식물님……

오늘은 자신의 바보스러움에 혐오감을 느낄지도 몰라요.

하지만 행복의 파랑새는 줄곧 곁에 있었다는 사실을

깨닫는 날이기도 하답니다.

예쁘게 차려입고 외출하면 행운이 찾아올 거예요.

자신의 바보스러움에 혐오감을 느끼다니……?

뭔가 엄청난 실수라도 한다는 건가?

게다가 예쁘게 차려입으라니…….

오늘 일정은 다이몬의 싸고 맛있는 술집에서 라이브 뒤풀이 겸 모여서 술 마시는 것뿐인데.

일은 오랜만에 쉰다. 뒤풀이 참가자는 하루토, 밋치, 도시짱, 미사키, 링코 그리고 나.

예쁘게 차려입어야 할 이유 따위 전혀 없다.

♪

외출 시간이 다가오자 그래도 좀 차려입을까 어쩔까 살짝 고민이 되었지만 역시 늘 입는 GAP 상하의에 운동화를 신고 나가기로 했다. 어설프게 멋을 내면 모두 놀릴 게 뻔하다.

현관을 나서려는데 마침 택배기사가 방문했다. 냉동 택배였다. 나는 도장을 찍고 나서 차갑고 묵직한 상자를 건네받았다.

보낸 사람을 보니 '사쿠라 요코'라고 되어 있다.

엄마다.

상자 안에 다양한 식자재가 테트리스 상급자 수준으로 정밀하게, 빈틈없이 꽉꽉 채워져 있다. 갓 짜낸 생간장은 물론, 밑반찬이랑 채소랑 쌀이랑 된장이랑 건어물이랑……, 아무튼 가지각색의 음식물이 자꾸 나온다.

'즉석 카레는 여기서도 살 수 있는데…….'

얼굴에는 쓴웃음이 떠올랐지만 가슴만큼은 따듯해졌다.

위에 놓인 한 통의 봉투. 그 안에서 연두색 편지지를 꺼냈다. 모서리가 딱딱 맞게 접힌 편지를 펼치고 읽는다.

스미레에게.

생각나는 것들만 대충 모아서 보낸다.

영양은 제대로 챙기고 있니?

건강은 지키면서 일하도록 해.

아버지는 그 이후로 자주 낚시하러 나가시더니,

벵에돔이 잘 낚이는 곳을 이제 겨우 찾은 모양이더라.

"스미레는 언제 온대?"라고 자꾸 물으시니까,

가끔 얼굴 좀 보여드려라.

아, 참, 지난번에 물어본다는 걸 깜빡했는데,

혹시 좋은 사람 있으면 어려워하지 말고 한번 데려와.

딸의 애인이 등장해서 아버지가 슬퍼해도

내가 잘 위로해드릴 테니. ㅎㅎ

이제 곧 장마가 시작되려나 보구나.

여름 감기 따위 걸리지 말고.

-다이어트에 성공 중인 엄마가.

도쿄의 좁고 일그러진 하늘이 마치 딸기 시럽을 탄산수로 희석한 듯한 핑크빛으로 물들었다. 멈춰 서서 하염없이 바라보고 싶은 투명한 저녁 하늘.

내일도 분명 맑을 것 같다. 장마는 대체 어디로 가버렸을까?

번화한 거리를 걸어 지하철역을 향하는 도중 휴대전화가 울렸다. 메시지다. 올 때가 됐다 생각하던 참이었는데.

역시 발신인은 사쿠라 데쓰하루 선생이었다.

발밑을 지나는 물고기. 기다려도 가라앉지 않는 낚시찌.

운에게 버림받아도, 시간은 흐르고, 인간의 도전은 계속된다.

인생, 패배가 끝이 아니라 포기할 때가 진정한 끝.

흔들흔들, 흔들흔들, 흔들리는 낚시찌.

괜찮다, 언젠가는 가라앉으리라.

BY 사쿠라 데쓰하루

오랜만의 흔들흔들 공격……. 내용도 예전의 엉뚱한 시로 되돌아갔다.

하지만 아버지의 엄청난 발전.

메시지에 무려 사진이 첨부되어 있었다!

40센티는 될 듯한 훌륭한 벵에돔을 손에 든 아버지가 제방 위에 서서 소년처럼 웃고 있는 사진이었다.

자랑하고 싶었던 거다. 스마일도 그럴듯했다. 앞으로의 발전을 기원하며 88점을 매겨도 좋을 것 같다.

나는 곧 답을 보냈다.

축·대어♪

제 라이브도 대성공이었습니다.

택배 조금 전에 도착했어요.

늘 감사해요. 잘 먹겠습니다.

조만간 또 '혼자' 내려간다고 엄마한테 전해주세요.

♪

다이몬의 맛있는 술집에 도착했을 때는 하늘이 거의 어두워져 있었다.

약속 시간에 딱 맞게 왔는데도 내가 제일 마지막 도착이다. 스마일뮤직으로 예약한 방에 안내되었을 때는 모두 맥주를 손에 들고 왁자지껄 흥겹게 떠들고 있었다.

"아, 스미레 언니다!"

밋치가 나를 보고 손을 흔들었다. 그에 따라 일제히 이쪽을 돌아본다. 그다음 순간, 링코를 제외한 모두가 "이겼다!"라고 손뼉 치며 좋아한다.

"어, 왜? 왜?"

나는 영문을 몰라 당황한 얼굴로 바로 앞의 빈자리에 앉으며 물었다.

"역시, 그럴 줄 알았어."

옆자리의 도시짱이 내 몸을 아래위로 훑더니 웃는다. 모두 기분 나쁠 정도로 히쭉히쭉 웃으면서 나를 본다.

"왜, 왜 그래? 도대체 뭐야?"

대답해준 건 혼자 실망한 표정인 링코였다.

"스미레, 내 운세 읽었어?"

"응?"

"오늘 아침 운세 말이야."

"으응, 읽었어. 나의 바보스러움에 혐오감을 느낀다는 둥 이상한 소리가 적혀 있어서 잊으려고 노력하는 중."

"오 마이 갓!"

눈썹이 팔자가 된 링코가 양손으로 머리를 감싸면서 한마디 내뱉더니, 나를 손가락으로 척 가리키며 말한다.

"잊으면 운세 보는 의미가 없잖아. 나쁘지 않은 부분까지 잊으면 어떡해!"

무슨 뜻인지 전혀 모르겠다. 어떻게 받아칠까 생각하고 있는데 도시짱이 뒤돌아서 내가 마실 생맥주를 주문해주었다.

변함없이 센스 있는 녀석.

여자였다면 남자들한테 인기 많았을 거다.

"좀! 이제 그만 무슨 일인지 말해줘. 다들 왜 웃는 건데?"

이럴 때 대표선수로 나서는 건 보스 기질이 있는 미사키다.

"아하하하, 미안미안. 스미레가 오늘 어떤 차림으로 올지 우리 내기했거든. 오늘 아침 운세 사이트에 예쁘게 차려입으라고 했던 링코만 멋 부리고 올 거라 했고, 다른 사람들은 GAP 차림으로 온다고 했어. 그런데 어쩜 딱 우리가 예상했던 차림으로 왔지 뭐야?"

그랬구나.

털썩!

대각선으로 맞은편 자리에 있는 링코에게 시선을 주는데 아이처럼 "흥!" 하면서 고개를 돌려버린다.

곧 내 생맥주가 나왔다.

"그럼, 정식으로 건배할까요?"

하루토가 제안한다. 모두 맥주잔을 손에 들었다.

"사장이 인사 말씀 한마디 해야지."

도시짱이 내 어깨를 팔꿈치로 쿡 찌른다.

"응, 그럴까? 스마일뮤직의 보스이자, 우두머리이자, CEO이자, 대표로서, 하는 짓은 평사원인 제가 여러분께 한 말씀 올리겠습니다."

웃음과 박수가 터졌다. 이 자학 멘트는 누구나 재미있어 해서 자주 이용해먹고 있다.

"으흠, 우선 링코 선생께 한 말씀 드립니다. GAP이라서 죄송합니다."

일동 폭소. 링코는 먼 자리에 있는 나를 향해 딱밤을 때리는 시늉과 함께 메롱을 날렸다.

"오늘 이 자리에 멋을 부리고 오면 다들 웃을 것 같은 거야. 망설이긴 했어, 조금은."

"응, 스미레 말에도 일리가 있네."

미사키가 도와준다.

"멋 부리고 왔으면 더 웃었을 거야, 아마."

"어, 미사키, 나한테 조금 실례되는 말 아냐?"

"그게 아니라, 일반적으로 웃기는 상황이잖아."

"나는 멋 부리면 안 되는 거냐?"

하찮은 말다툼 중에 밋치 목소리가 늠름하게 울린다.

"사이좋게 지내야죠!"

네, 죄송합니다. 세 여자가 밋치에게 꾸벅 고개를 숙였다.

나는 인사를 계속했다.

"아무튼 어제 라이브는 정말이지 최고였습니다. 여러분 모두에게 진심으로 감사드리고 싶습니다. '누군가의 웃는 얼굴을 위해'라는 우리 회사 사훈을 정말로 완벽하게 표현했다고 생각합니다."

예이~! 하면서 도시짱이 잔을 치켜들자 모두 따라한다.

"한 분 한 분에 대해 말씀드리고 싶네요. 우선 하루토는 세상에서 제일 멋있었습니다. 뭐, 따로 할 말도 없어요. 사장상을 드리겠습니다. 언젠가 돈 벌면요."

"쩨쩨하다!"

웃음이 터지고, 링코의 야유가 날아든다.

"그다음은 미사키. 찍어준 비디오는 아직 못 봤으나, 잘 찍혔으리라 믿습니다. 아니라면 우리 회사 평사원이 되어주셔야 합니다."

"월급 많이 줄 거야?"

미사키의 야유도 날아든다.

"물론 드립니다. 언젠가 돈 벌면요. 그리고 링코 선생. '밋치 너무 귀여워요!'라는 외침에는 나도 한 방 먹었네요. 역시 선생님이십니다. 딱밤도 눈물 날 만큼 아팠습니다."

또 폭소.

이때 도시짱이 헤살을 놓는다.

"그래도 스미레의 로우킥보다는 낫겠지?"

하루토가 고개를 크게 몇 번이나 끄덕인다.

나는 맥주를 들고 있지 않은 왼손으로 도시짱의 목덜미를 잡고 세게 흔들었다.

"로우킥은 그렇다 치고, 다음은 도시짱. 새 바지가 그렇게 더러워졌는데도 네 잎 클로버는 하나도 못 찾았다고 하지만, 그대의 무대 난입에는 두 손 들고 말았습니다. 멋진 범죄를 저질러 주셔서 감사합니다. 소송은 걸지 않겠습니다."

"당장 걸어버려!!"

링코의 야유.

"마지막으로 밋치. 한마디로 말해, 정말 최고였습니다. 밋치의 다정한 마음이 공연장에 있던 모든 사람들의 가슴을 따스하게 만들어주었지요. 우리 회사 사훈을, 머리가 아닌 마음으로 이해해준 유일한 사람입니다. 장래의 스마일뮤직을 밋치에게 맡기고 싶을 정도네요. 밋치, 정말 고마워요."

박수 소리가 한꺼번에 터졌다.

야유는 없었다.

"여러분 모두에게 진심으로 감사드립니다. 정말로 고맙습니다. 여기는 여러분께 감사하는 마음으로 제가 마련한 자리이니, 마음껏 즐기시길 바랍니다."

우레와 같은 갈채. 도시짱이 말한다.

"오오, 사장님, 배포가 크시군요."

"야! 배 크다는 말은 하지 말아줄래?"

이때 오늘의 가장 큰 박수가 터졌다. 나는 맥주잔을 높이 치켜들고 모두의 얼굴에 핀 웃음꽃을 휙 둘러보았다.

"그럼."

말하면서 생각했다.

나는 이렇게 모두의 웃는 얼굴을 보고 싶어서 일하는 건지도 모른다. 그러니 더 많이 성공하여 모두의 얼굴에 더 큰 웃음꽃을 피우자.

그러려면 우선 나부터.

입꼬리를 쓰윽 올리고 최대한 귀엽게 웃어보았다. 그리고 말했다.

"최고로 멋진 여러분의 스마일을 위해, 건배!"

건배!

♪

이 가게에서 가장 맛있다는 두부 요리가 테이블에 차려지고 나의 두 번째 맥주잔이 바닥을 보이려던 순간, 사건이 일어났다. 갑자기 옆자리의 도시짱이 나를 돌아보며 이렇게 말했다.

"어, 스미레 전화기 아냐?"

부르르 떨리는 진동 소리가 들린 것 같기도 했다.

메시지인가?

나는 뒤에 둔 가방에서 휴대전화를 꺼내어 아무 생각 없이 화면을 확인했다.

어…….

발신인 이름을 본 순간, 움직일 수 없었다. 마치 내 주위만 시간이 멈춰버린 것 같았다.

"어, 스미레 씨, 왜 그래요?"

전화기를 손에 든 채 굳어버린 나를 보고 하루토가 고개를 갸우뚱하며 말했다.

"뭐야? 스미레."

미사키의 목소리. 모두의 시선이 얼어붙은 내게로 쏟아진다.

무슨 대답이든 해야 하는데…….

"메, 메시지가 왔어…… 료, 한테."

가까스로 내뱉은 건 그 한마디였다.

자기 마음대로 두방망이질 치는 심장의 움직임에 어찌할 바를 모르는 동안 머릿속은 새하얗게 변해버렸다. 그래도 어떻게든 정신을 차리고 메시지 내용을 눈으로 훑었다.

첫 문장은 '다녀왔어!'였다.

오랜만이야.

이 메시지는 읽을 수 있으려나?

조금 전에 나리타에 도착해서 지금 가미야쵸에 와 있어.

오늘 일은 끝났으니 만나고 싶은데.

시바공원은 어때?

나는 메시지의 의미를 알 수 없어서, 무심코 한심한 목소리를 내지르며 늘 의지하는 이 사람에게 전화기를 내던지고 말았다.

"미사키이~, 난 몰라. 뭐지? 이거. 왜 이제 와서 료가 메시지를 보낸 거야……."

미사키는 제격 위엄을 갖추며 메시지 내용을 눈으로 훑었다. 호기심으로 눈이 번쩍번쩍 빛나는 링코가 옆에서 들여다본다.

"스미레, 솔직히 말해봐. 너 아직 료 씨 좋아하지?"

미사키의 냉정하고 침착한 목소리가 내 심장에 깊이 박혀, 뜨거워졌던 마음을 서서히 식혀버렸다. 내 안의 목소리가 '솔직해져라'라고 한다. 나는 미사키를 보고 고개를 살짝 끄덕였다.

"으, 응……."

"그럼 지금 당장 간다고 답장 보내고, 시바공원으로 뛰어가. 자, 여기."

휴대전화를 돌려받았다. 나는 마치 도화선에 불이 붙은 폭탄을 전달받은 것처럼 심하게 허둥거리고 말았다.

"뭐라고 답하면 돼? 모르겠어, 미사키……."

미사키는 내 휴대전화를 다시 가져가서 자기 마음대로 톡톡톡 입력하기 시작했다.

모두의 시선이 미사키와 나에게로 쏟아진다.

"됐다, 이러면 어때?"

다시금 내 손으로 돌아온 전화기.

미사키가 입력한 메시지를 눈으로 읽는다.

나도 지금 시바공원 바로 옆에서 돌아댕기고 있어.

곧 갈게. 기다려줘♪

"으, 응, 미사키, 좋아. 좋은 것 같아."

"그럼 빨리 전송해."

"아, 그런데……."

"또 왜?"

"돌아댕기고, 는 사투리인데."

"그 정도는 직접 수정하면 될 거 아이가!"

"아, 넵."

대부의 호통에 기가 죽은 나는 거의 무의식중에 표준말로 고치고 전송 버튼을 눌렀다.

누른 직후, 문득 두려워졌다.

"어, 어쩌지……. 만나러 간다고 해버렸어……."

"꾸물거리지 말고 얼른 가봐. 가서 결판내고 와."

결판을 내다니…… 무엇을, 뭘……?

그때 링코가 꽥 하고 소리 지른다.

"앗, 알았다! 역시 적중했어, 내 운세. 아아, 정말 스미레는 바보야!"

바, 바보라고?

“오늘 료를 만날 수 있으니 예쁘게 차려입으라고 했던 거야!”

그, 그런가…… 그랬던가.

“오오, 역시.”

“굉장하다, 링코 씨.”

하루토와 도시짱이 입을 모아 칭찬했다.

아아, 정말 링코 말대로 멋을 좀 부리고 나올 걸 그랬다…….

나는 목에서 발밑까지 나 자신의 모습을 새삼 살펴보았다.

세탁을 많이 해서 너덜너덜해진 파카에, 낡은 T셔츠. 무릎이 튀어나온 청바지. 양말에 구멍이 나지 않았다는 게 다행으로 느껴질 만큼 심하게 소탈한 복장이다. 그 양말 위에 신은 것은 뒤축이 다 닳아버린 운동화.

몇 개월 만의 만남인데.

어쩌면 관계를 회복할 기회인지도 모르는데.

양어깨에서 힘이 쑥 빠지면서 나도 모르게 깊은 한숨을 쉬고 말았다. 링코의 운세가 맞았다. 나는 나의 바보스러움에 극심한 혐오감을 느꼈다.

‘역시 이 꼴로는 안 될 것 같아…….’

거품이 사라진 맥주잔 안의 노란 액체를 바라본다. 표면이 흔들흔들 흔들린다.

흔들흔들…… 흔들흔들?

갑자기 생각나서 아까 아버지에게 받은 메시지를 불러내어 다시 읽어보았다.

인생, 패배가 끝이 아니라, 포기할 때가 진정한 끝.

'하지만 포기하는 편이 나은 경우도 있겠지…….'

역시 오늘 만나는 건 포기하자. 모처럼 이렇게 모여 즐겁게 뒤풀이 중인데. 만약 료에게 나랑 다시 시작할 마음이 있다면 다른 날로 미뤄도 분명 괜찮을 거다.

못 가겠다고 하자. 응, 그러자.

마음을 정한 순간.

"스미레 언니, 파이팅!"

밋치가 소리쳤다.

"그래, 스미레, 힘내. 자신감을 가지고 나가봐."

도시짱.

"일단 가보고 만약 아니라면 다시 여기로 오면 되지 않나요? 우리 계속 마시고 있을게요, 오늘은."

하루토…….

미사키를 보았다. 다정한 눈으로 나를 보며 고개를 끄덕여주었다.

링코는?

응?

링코는 고급스러운 명품 가방을 열어 뒤적뒤적 뭔가를 찾고 있다. 그러다 고개를 들더니 내 쪽으로 뭔가를 휙 던진다.

반짝거리며 회전하는 작은 물건. 나는 그 포물선의 종착지에 양손을 댔다.

나이스 캐치!

링코…….

날아온 것은 새로운 색깔의 립글로스였다.

"남자 만나는데 그 정도는 발라야지."

링코는 거울 앞에서 백만 번은 연습했을 것 같은, 제법 그럴듯한 윙크를 나에게 찡긋 날렸다.

"우리는 계속 여기 있겠지만……."

하루토의 말. 그 말을 도시짱이 받았다.

"스미레는 안 와도 돼."

모두, 고마워…….

나는 조용히 일어나서 나의 사랑하는 피넛들에게 등을 돌린 채 운동화를 신고 곧장 화장실로 달렸다.

거울 앞에 선다.

눈 밑의 다크서클은 거의 괜찮아졌다.

링코에게 빌린 립글로스를 정성껏 바른다. 입술이 촉촉하게 젖어 탱글탱글 예쁘다.

그리고 무적의 스마일.

좋아, 이 정도면 괜찮군!

나는 그대로 술집을 뛰쳐나왔다. 평소와 달리 커다란 가방을 짊어지지 않았기에 몸이 굉장히 가볍게 느껴졌다. 발에 익숙한 운동화가 제멋대로 달리기 시작한다.

다이몬에서 시바공원까지는 그리 멀지 않다. 지난번 데이트 때와 마찬가지로, 커다란 범종이 있는 조죠지 경내를 빠져나와 도쿄타워가 보이는 길로 들어갔다. 그리고 시바공원을 향해 달렸다.

밤하늘에 새하얀 빛을 다부지게 발하는 반달이 떠 있다.

왠지 신비로운 기분이었다. 바쁘게 달리는데도 오늘은 어쩐지 도쿄가 내 편을 들어주는 것처럼 보였다.

자그마한 숄더백을 오른손으로 바꿔 쥐고 속력을 높인다. 이 가방 안에는 밋치에게 받은 행운의 상징, 네 이파리의 괭이밥이 들어 있다.

"스미레 언니, 파이팅!"

밋치의 목소리가 가슴속에 되살아났다.

♪

시바공원 입구에 도착해서 일단 발을 멈추고 호흡을 가다듬었다. 뛰어다니는 게 습관이라 숨쉬기는 금세 편안해졌지만 심장의 두근거림은 오히려 더 격해지는 것 같았다.

이 공원은 가미야초紙屋町에서 더 가까우니까 료는 이미 와 있을지도 모른다. 공포와 비슷한 긴장감이 서서히 부풀어 오른다. 그래도 나는 씩씩하게 공원 안으로 발을 내디뎠다.

수은등 빛 속의 고요한 공원은 마치 수족관의 수조 같았다. 비현실적인 공기가 감돈다. 그러나 공원 가장 깊숙한 곳의 수은등 아래에는 현실이 있었다.

료가 서 있다.

감색 정장을 말끔하게 차려입고 그때처럼 등을 쭉 펴고 선 채 책을 읽고 있다. 옆에 커다란 여행 가방이 놓여 있다.

내 몸은 그와 만날 때의 습관을 똑똑히 기억하고 있었다. 나는 책에 푹 빠진 료의 눈앞에 조용히 섰다.

천천히 얼굴을 드는 료.

"안녕."

눈이 무척 온화했다. 모든 걸 용서받은 듯한 느낌이 들어, 당장이라도 품에 안기고 싶었다.

"응."

벅찬 가슴을 억누르며 가까스로 대답했다.

"빨리 왔네."

"응."

료는 조금 여윈 것 같았다.

"또 뛰어왔어?"

"응."

나, 왜 이러지?

계속 '응'이라고만 한다.

"스미레, 화났어?"

"으으응."

이번엔 '으으응', 이라니…….

"그래? 사실은 내가 조금 화났는데."

"응?"

"화난 김에 스미레한테 묻고 싶은 게 있어."

"응……."

료는 책에 책갈피를 끼우고 조용히 덮었다.

"스미레……."

여기서 료는 조금 크게 숨을 들이마셨다.

"내가 터키에 가 있는 동안에 왜 메일 주소 바꾼 거야? 나랑 헤어지고 싶어서 그랬다면야 어쩔 수는 없다고 생각해. 그래도 일방적으로 연락을 끊으려 하다니 스미레답지 않잖아."

엉?

터키?

메일 주소?

무슨 말인지 도통 알 수가 없다.

"아, 어……."

나는 무슨 말을 해야 할지 생각하다가 결국 혼란에 빠져버리고 말았다.

"뭐, 그건, 됐어. 이미 끝난 일이고."

어, 끝난 일이라니……?

"남녀 사이의 애매한 관계, 나는 별로 좋아하지 않아서, 이쪽이든 저쪽이든 결정을 내렸으면 좋겠어. 확실히 말해줘, 스미레. 나랑 헤어지고 싶어? 아니면, 이미 헤어진 건가?"

료가 내 눈을 가만히 응시했다. 강한 눈빛은 아니었다. 오히려 중성적인 담담한 눈이었다. 밀어내지도 않고 끌어당기지도 않고, 있는 그대로 받아들이려 하는 눈이었다.

그 눈을 보는 동안, 마음이 차분해지는 것을 느꼈다. 그러자 제일 먼저 해야 할 일이 뭔지 떠올랐다.

필살기를 써야 한다. 나는 입꼬리를 쓱 올렸다.

"응? 스미레, 왜 웃어?"

료의 볼이 서서히 풀어졌다. 그리고 얼굴에 미소가 담겼다. 스마일이 완벽하게 전염되었다. 이것으로 서로를 받아들일 준비가 되었다.

"나는 절대로 헤어지고 싶지 않아. 오히려 나는 솔직히 말해서, 료한테 차인 줄 알았어. 메시지 보내도 답이 없고, 음성사서함에 남겨도 전화도 안 해주고. 난 이미 료한테 버림받은 줄로 알고 있었어."

"왜?"

이번엔 료가 입을 떡 벌리고 물으면서 고개를 갸우뚱한다.

"료가 마지막 이별 메시지도 보냈잖아……."

"응? 뭐, 뭐야, 이별 메시지라니?"

"일을 우선시하고 싶으니 나랑은 이제 바이바이라고 했던 그 메시지."

"자, 잠깐만. 스미레, 그 메시지 때문에 메일 주소 바꾼 거야?"

"응? 메일 주소 안 바꿨는데."

"터키에서 몇 번이나 메일 보냈는데 계속 돌아오던데?"

"터키는 또 뭐야?"

"아앗. 뭐야, 라니. 이 무슨."

전혀 대화가 안 되고 있다.

료는 천천히 팔짱을 끼고 어려운 암산이라도 하는 듯한 얼굴을 하더니, 몇 초 후에 입을 열었다.

"정리 좀 해보자. 우선 내가 보냈다는 이별 메시지, 아직 남아 있어?"

"아, 응."

"그거 보여줘봐."

나는 두 번 다시 보고 싶지 않았으나 왠지 지울 수 없었던 메시지를 화면에 띄웠다.

"여기……."

료에게 내민다.

우리 계속 엇갈리네.

그때부터 나도 여러 가지로 생각해봤는데,

역시 일을 우선시하기로 했어.

스미레도 바쁠 테고.

그러니까 스미레, 잘 지내.

일도 좋지만 너무 무리하지 말고. 바이바이!

료는 이 절망적인 메시지를 읽으며 싱글싱글 웃었다.

"료, 왜 웃는 거야?"

"스미레가 바보라서."

또 바보?

오늘 두 번이나 바보 소리 듣는다.

"내가 왜 바보인데?"

"밑으로 스크롤해봐."

깜짝 놀랐다. 아래에 글이 더 있으리라는 생각은 전혀 하지 못했다.

시키는 대로 스크롤해본다.

밑으로 밑으로 내려가서…….

"앗!"

나는 소리를 지르고 말았다.

"이제 알았어? 이게 어떻게 이별 메시지야……."

이럴 수가.

나, 너무 바보 같다.

한참 아래에 이런 글이 입력되어 있었다.

머나먼 나라, 같은 하늘 아래에서, 매일 스미레 생각할게!

자, 잠깐만.

"그런데 터키엔 왜 간 거야?"

"왜라니?"

"나한테 아무 말도 없이 가다니……."

료는 그 자리에 굳은 채 "엉?" 하면서 눈을 크게 떴다.

"스, 스미레, 그거 진심으로 하는 말이야?"

료가 나를 손가락으로 가리키며 그렇게 말했다.

"어, 응. 물론 진심이지."

료는 10년분의 불행을 한꺼번에 짊어진 사람처럼 깊고 깊은 한숨을 내쉰 후에 이렇게 말했다.

"스미레가 좀비가 된 그날, 나, 똑똑히 말했거든. 터키로 장기 출장 가게 될 것 같다고. 역시 DEEP SEA한테 빠져서 내 이야기는 전혀 안 듣고 있었지?"

으윽, 그러고 보니…… 그날 료가 몇 번이나 "내 이야기 듣고 있어?"라고 물었던 것 같은…….

"미, 미안."

"뭐, 그건 그렇다 치고, 스미레는 메일 주소 안 바꿨다고 하지만, 나는 정말로 하루도 빠짐없이 메일 보냈는데 한 번도 제대로 간 적이 없어. 회사로 보낸 건 잘 가는데 스미레한테 보낸 건 돌아오다니, 이상하잖아?"

"메일 주소는 정말 안 바꿨어. 료가 잘못 입력한 거 아냐?"

"아냐, 그건 절대로 아냐. 늘 사용하던 노트북 가지고 갔거든.

등록된 주소가 잘못될 리 없잖아. 나는 스미레가 주소를 바꿨거나 수신 거부한 줄 알고 터키에서 얼마나 슬펐는데. 외국에서 줄곧 혼자 지내면 정말 외롭다고."

수신 거부?

이 단어가 왜 그런지 목에 탁 걸렸다.

외국이라는 단어도.

외국, 수신 거부?

뭔가가 걸린다.

뭔가가…….

정수리에 번개가 떨어졌다.

"우왓! 비아그라다!"

나는 무의식중에 엄청난 단어를 밤하늘을 향해 내질러버렸다.

"비, 비아그라라니, 스미레, 너, 설마……."

설마라니, 아니, 이 사람이!

나는 양손을 앞으로 내밀고 좌우로 세차게 흔들었다.

"아, 아, 아냐. 내 말 좀 들어봐. 해외 계정에서 비아그라 사라는 스팸메일이 자꾸 오는 거야. 그게 너무 싫어서, 외국에서 오는 모든 메일을 수신 거부하겠다고 설정해버렸어."

료는 눈을 감고 하늘을 향해 얼굴을 들었다.

"……그래서 그랬구나."

"미안. 료가 외국에 있다는 걸 몰랐어……."

아아, 정말로 나의 바보스러움에 혐오감이 느껴졌다.

오늘의 운세, 적중.

링코, 너는 천재야.

한동안 마음이 정리가 되지 않는지, 서로의 오해를 이해하기 위해서인지, 아무튼 우리 둘의 입에선 어떤 말도 나오지 않았다.

지난번에 여기서 료와 데이트했던 날은 한겨울이었다. 당장이라도 눈이 내릴 것처럼 추운 날이었다. 나는 긴자 거리에 쓰러져서 좀비가 되었고, 그 얼굴로 로우킥 특훈을 받았다.

곰곰이 생각해보면, 나란 여자, 얼마나 웃기는 여자친구인가.

재미있는 상상에 괜히 우스워지는 바람에, 그만 혼자 킥킥 웃고 말았다.

"이번엔 또 왜 웃는 거야?"

료의 눈이 옛날처럼 친밀해졌다. 나는 그 물음에는 대답하지 않고 내 이야기부터 하기 시작했다.

"나 있잖아, 료가 없는 동안, 로우킥으로 남자를 둘이나 쓰러뜨렸어."

"어……, 정말?"

"둘 다 한 방에 넘어가더라."

"무슨 일 있었어? 변태한테 당할 뻔한 거야?"

료가 흠칫흠칫 조심스럽게 묻는다. 듣고 싶지 않지만 들어야겠다는 각오가 느껴졌다.

"아니. 일반인인데 필요에 의해서 내 맘대로 덮쳤지."

말하면서 '거짓말은 아니네'라고 생각하며 또 킥킥 웃었다.

"뭐야, 그게. 죄도 없는 사람을 아무 이유 없이 그냥 찬 건 아닐 테고."

"둘 중 하나는 죄 없는, 그저 선량한 사람. 다른 하나는 악덕 업주라서 응징했어."

료는 풋, 하고 웃었다.

"대체 내가 없는 동안에 무슨 일이 있었던 거야?"

"듣고 싶어?"

"응, 물론."

"전부?"

"당연하지."

료가 대답하면서 내 머리카락을 갑자기 헝클어뜨리더니 유쾌하게 웃었다.

"아하하, '게게게의 기타로'(미즈키 시게루의 만화. 귀여운 요괴들이 등장한다. 한국에서는 〈요괴인간 타요마〉라는 제목으로 소개되었다. 주인공 기타로는 흐트러진 단발을 하고 있다—옮긴이) 같다!"

나는 그 머리 그대로 고개를 숙였다.

이런 바보스러운 대화가 무척 그리웠다. 너무나 사랑스러워서, 눈물이 날 것 같았다.

"있잖아, 료."

"응?"

"나, 다시 료의 연인으로 돌아갈 수 있을까?"

료가 소년처럼 미소 짓는다.

헝클어진 내 머리카락을 손가락으로 빗겨주며 시원스러운 목소리로 말한다.

"돌아가다니, 우리 헤어지지도 않았잖아. 서로 오해했을 뿐."

나는 마음속으로 안도하며 작은 한숨을 내쉬었다.

"다행이다……."

"스미레가 좀비라 해도, 기타로라 해도, 로우킥의 신이라 해도, 나는 절대 헤어지지 않을 생각이야."

웃어야 할지 울어야 할지 몰라서 나는 울면서 웃고 말았다.

료가 내 머리카락을 빗어 내리던 손을 멈추고 양손으로 얼굴을 감쌌다. 료의 얼굴이 천천히 다가온다.

아아, 이렇게 료와 몇 번이나 키스를 했던가.

예쁜 색상의 립글로스를 빌려준 링코에게 진심으로 감사하며 나는 살짝 눈을 감았다.

그런데…….

"……?"

응, 어?

눈을 떴다.

료가 나를 가만히 보기만 한다.

"왜?"

갑자기 불안해져서 나는 작은 소리로 물었다.

"비아그라 먹으면 다크서클도 없어지나 봐. 신기해서 보고 있었어."

나는 풋, 하고 웃으며 료의 손을 뿌리쳤다.

"미안, 료. 아무래도 나의 세 번째 희생자가 되어야겠네."

"어, 안 돼……."

나는 즉각 로우킥 자세를 취했다.

그리고.

피,

닛,

츠!

내가 구호를 붙이며 발을 드는 순간, 날쌔게 백스텝을 밟으며 피한다.

역시 료는 나의 스승이었다. 헛다리를 짚은 나는 팽이처럼 빙그르르 한 바퀴 돌고 말았다.

"으앗, 안 되겠다, 도망치자. 그런데 왜 '튜울립'에서 '피넛츠'로 바뀐 거야!"

료가 달린다. 나도 그 뒤를 쫓으며 외친다.

"땅콩이 맛있으니까!"

달리기는 내 전매특허라고 생각했는데, 료의 발은 예상외로 빨랐다.

이럴 수가, 너무 빠르잖아.

그렇게 생각한 순간, 문득 멈춰 선 료가 이쪽으로 돌더니 양 팔을 활짝 폈다.

나는 스루가 만의 바다를 생각했다.

료의 가슴 속으로 몸과 마음을 모두 바쳐 다이빙!

그대로 안긴 채 이번에야말로 오랜만의 키스를 했다.

한참 후 입술이 떨어졌을 때 료가 말했다.

"내가 없는 동안에 무슨 일이 있었는지 정말 듣고 싶어."

"전부라면, 길어."

정말로 길다. 책으로 만들면 분명 장편소설 한 권은 될 것이다.

"지금부터 이야기한다 해도 분명 내일 아침까지 걸릴걸?"

"응, 괜찮아."

"그럼 오랜만에 집으로 갈래? 라이브 한정 최고의 CD도 료한테 들려주고 싶고."

"좋지."

나는 작은 도박을 걸어보기로 했다.

"장마가 끝나고 여름이 되면, 바다에 가고 싶은데."

"오, 좋은 생각인데? 어느 바다가 좋아?"

나는 지극히 짧은 순간 망설였다. 입꼬리를 쓱 올리고, 마음의 준비를 한 다음, 말한다.

"스루가 만은 어때?"

네 이파리의 괭이밥, 아무쪼록 효과를 발휘해줘!

"스루가 만이라……."

료는 잠시 생각하더니, 도중에 앗, 하고 눈치챈 듯했다.

천천히, 나에게 뒤지지 않을 최상급 스마일이 료의 얼굴에 담겼다.

"오케이. 스미레 고향, 안내해줘."

료…….

"아버님이 기타로 아버지처럼 무섭다면, 나 또 아까처럼 도망칠 거야."

둘이서 웃음을 터뜨렸다.

조용한 시바공원에 비를 예감하게 하는 요염한 바람이 산들산들 불어온다. 도쿄 만이 가깝기 때문인지 아주 조금 바다 냄새가 났다.

우리는 손을 잡고 걸었다.

밤하늘에 빨갛게 빛나는 타워를 올려다본다. 도쿄의 상징은 부드러운 미소를 지으며 우리를 내려다보고 있었다.

저자 후기

행복의 씨앗을 찾아서

작가 모리사와 아키오입니다.

《스마일, 스미레!》를 끝까지 읽어주셔서 감사합니다.

집필하는 내내 가슴이 뛰고 글 쓰는 손도 훨훨 날았던 작품입니다. 글쓰기가 느린 저로서는 무척 신기한 일이지요.

꿈을 좇는 주인공 스미레에게 온갖 시련을 주면서도 마음속으로 '힘내!', '파이팅!' 하고 응원하는 사이에 소설은 어느새 완성되어 있었습니다. 불과 한 달 만에요.

이 이야기를 쓰면서 '사람은 세 부류로 나뉜다'는 생각을 했습니다.

1. 꿈을 처음부터 포기한 사람, 2. 꿈을 좇다가 도중에 포기한 사람, 3. 포기하지 않고 계속 꿈을 향해 나아가는 사람.

어떤 인생이 좋고 어떤 인생이 나쁘다고는 할 수 없지만, 단 한 번뿐인 인생이므로 저는 이왕이면 세 번째 사람이 되고 싶습니다. 꿈을 이루는 데 성공하여 큰 행복을 거머쥔 사람들은 모두 세 번째 부류에 속하겠지요.

이 책의 주인공 스미레도 그런 캐릭터입니다. 스미레는 유독 애착이 가는 인물이라 꼭 행복해지길 바랐기 때문입니다.

하지만 인생을 살다 보면 성공이나 행복을 손에 넣는다는 게 그리 쉽지 않다는 걸 알 수 있습니다.

아니 그에 앞서, '행복이란 무엇인가?'라는 근원적인 질문을 던져볼까 합니다.

독자 여러분에게 행복이란 무엇인가요? 돈을 많이 버는 것? 명예를 얻는 것? 아니면 사랑하는 사람에게 사랑받는 것?

저는 이렇게 생각합니다.

왜 부자가 되고 싶을까? 만족하고 싶기 때문입니다. 왜 명예를 얻고 싶을까? 그것도 만족하고 싶기 때문입니다.

왜 사랑받고 싶을까? 역시 만족하고 싶기 때문일 겁니다.

그렇다면, 만족한다는 건 어떤 상태를 말할까요?

답은 하나입니다.

더 이상 원하는 것이 없는 상태.

인간은 더 이상 원하지 않을 때 만족한다고 말합니다.

내게 없는 것만 바라보고 '나는 부족해, 갖고 싶어'라고 생각하는 동안에는 결코 행복해질 수 없습니다. 반면에 지금 내 손에 있는 것에 진심으로 감사한다면 만족과 행복이 저절로 찾아옵니다.

아침에 눈을 떴을 때 '아아, 내게 새로운 하루가 주어졌어!'라고 감사할 수 있다면 나는 이미 행복한 사람입니다. 늘 먹는 아침식사에도 감사하는 마음을 가지면 하루를 행복하게 시작할 수 있고, '일하는 행복'도 감사하는 사람만이 누릴 수 있습니다.

행복의 씨앗은 가까운 곳에 널려 있어요. 밤하늘의 별만큼 많이.

언젠가 모교인 고등학교에 강연을 하러 간 적이 있습니다. 단상에 서서 후배들에게 이런 질문을 던졌지요.

"만약 내가 여러분의 두 눈을 사겠다고 한다면 얼마에 팔 수 있겠니?"

그러자 학생들은 "1천조 엔"이라는 둥 다들 천문학적인 금액을 제시했습니다. 저는 또 물었습니다.

"두 다리도 갖고 싶은데, 얼마에 팔래?"

이 질문의 대답 역시 마찬가지였습니다.

"그렇구나. 그렇다면 여러분은 정말로 행복한 사람들이네. 그 1천조 엔짜리 눈으로 풍경을 보고, 그 멋진 풍경 속을 1천조 엔짜리 다리로 걸어 다니니까. 그것만 해도 이미 2천조 엔 이상의 가치가 있네."

학생들은 술렁대면서 자기 몸을 살폈습니다. 손을 유심히 바라보는 아이도 있었지요. 손이 있어서 얼마나 행복한지 비로소 깨달은 걸까요?

스미레는 늘 곁에 있던 친구와 부모님의 도움으로 행복을 실감합니다. 일을 하면서 연애를 하면서 아무리 힘든 시련에 부딪혀도 자신은 행복한 사람이었다는 사실을 주위 사람들을 통해 깨달았지요. 행복은 얻는 게 아니라 깨닫는 것입니다.

저는 《스마일, 스미레!》라는 이야기를 통해 독자 여러분의 마음에 여러 메시지를 전하고 싶은 욕심이 있습니다. 그중 하나가 이 '행복의 법칙'입니다.

인생에 유효기간은 없습니다.

행복의 씨앗은 여러분 주위에 얼마든지 떨어져 있습니다.

그 씨앗을 찾아서 물을 주고 꽃을 피우세요. 틀림없이 여러분을 닮은 예쁜 꽃이 필 것입니다.

이 책이 행복을 깨닫는 계기가 된다면 무척 기쁘겠습니다.

언젠가 한국을 여행해보고 싶은
모리사와 아키오

역자 후기

너의 웃는 얼굴을 위해

모리사와 아키오 작가의 일곱 번째 책이다.

일곱 번 울린 통화 연결음, 일곱 번째 곡 그리고 7층 사무실이라는 사실에서 '러키세븐'의 행운을 감지하며 싱긋 웃는 주인공 스미레의 얼굴이 떠오른다.

이 책에도 행운이 깃들길.

모리사와 작가의 책에는 늘 선한 주인공이 등장한다. 열악한 환경과 조건 속에서도 주위의 고마운 사람들의 응원을 받으며 멋진 결말을 맞는 이야기가 공통적으로 흐르지만, 일곱 번의 독서 체험은 저마다 다른 감성을 자극했다.

이 책 《스마일, 스미레!》에는 일에 대한 사랑, 연인과의 사랑, 친구와의 우정, 가족 간의 정이 모두 담겼다. 그 네 가지 사랑을 모두 지키고자 분투하는 32세의 미혼 여성 스미레는 완벽하게 유능한 여자라기보다 노력하는 여자라서 더 응원하게 된다.

일과 사랑 사이에서 좌충우돌하다가 일도 잃고 사랑도 잃어 실의에 빠졌던 스미레를 다시 일어서게 만든 힘은 무엇이었을까? 아마 작가가 소설 곳곳에 심어둔 '행복의 법칙'을 따랐기 때문일 것이다.

'행복하니까 웃는 게 아니라 웃으니 행복이 찾아온다', '꿈이 다가오기를 기다리기보다 내가 먼저 다가가야 한다'라는 등, 스미레의 아버지가 발신한 메시지에 밑줄을 긋고 읽다 보면 누구나 그 '행복의 법칙'을 쉽게 발견할 수 있으리라.

이 작품은 닛케이신문의 웹사이트에 연재되었던 소설을 단행본으로 엮은 책이다. 연재 당시의 제목은 《러브 & 피넛》이었다. 일본 소설은 보통 세로쓰기인데, 이미 그에 익숙한 저자에게 가로쓰기로 해야 하는 웹소설은 무척 힘든 작업이었다고 그 고충을 토로한 바 있다. 거의 가로쓰기로 된 책을 읽는 우리로서는 선뜻 이해하기 어려운 이야기이지만, 저자는 '사랑해'라는 고백도 세로로 써야 뭔가 진지하고 애틋하다며, 가로로 쓰니 너무나 가벼운 듯해 감정이입이 힘들었다고 엄살을 떨기도 했다.

애니메이션 분위기가 풍기는 이야기로 만들어보았다고 하는데, 소설이 얼마나 만화라는 장르에 다가갈 수 있는지 시도해보았다는 점에서 꽤나 실험적인 도전이었다고 평가받고 있다. 만화 같은 느낌이 들었던 것이 작가가 의도한 바였다는 사실을 알고서야, 아하! 그제야 납득했다.

'필 꽂힌' 록 밴드 때문에 잘나가는 거대 레코드 회사를 젊은 나이에 박차고 나와 1인 레코드 회사를 세워 동분서주, 수면 부족으로 길거리에 기절하듯 쓰러져 잠들고, 건장한 남자에게 로우킥을 날리고, 집에 일 때문에 다른 남자가 와 있다는 사실도 깜빡한 채 애인을 집으로 보내는 만행을 저지르다니. 주인공 스미레는 정말이지 만화에나 나올 법한 캐릭터가 아닌가?

그런데 번역이 다 끝난 후에야 놀라운 사실을 알았다. 스미레의 모델이 된 인물이 실제로 존재한다는 것이다. 'ONE UP MUSIC'이라는 레코드 회사의 여사장 도쿠라 가나 씨. 저자는 그녀를 밀착취재하면서 스케줄까지 거의 비슷하게 묘사했다고 하는데, 수면 부족으로 길에 쓰러진 장면도 실제 에피소드였다고 한다. 역시 만화보다 더 버라이어티하고 재미난 게 현실 속 세상이었다. 어쩌면 우리는 이미 각자 만화 속 주인공 같은 삶을 살고 있는 건 아닌지……. 그렇다면야 더 재미나고 신나게 정말 삶의 주인공이 되어야 하는 게 아닐까? 연속되는 난관에도 일과 우정과 사랑에 대한 열정을 놓지 않고 웃으며 달렸던 스미레처럼. 마지막까지 웃는 사람이야말로 행복과 만날 수 있다.

그런 스미레에게 스마일이란, 미소란 어떤 의미였을까? 잘 웃지 못했던 아버지가 지어준 이름. 사회생활에서 아주 효과적인 무기로 사용했던 스미레 특유의 '최고의 스마일'. 그러나 '누군가의 웃는 얼굴을 위해' 내가 먼저 웃을 때, 그 미소는 더 많은 선물과 더불어 되돌아온다는 사실을 스미레는 더 늦기 전에 깨닫는다.

행복하냐는 질문을 간혹 받는다. 그 질문에 대답하려면 행복이 무엇인지부터 알아야 할 텐데 말이다. 행복이란 즐거운 순간이 계속 이어지는 것이라는 사람, 성취감을 행복과 같은 것으로 여기는 사람, 일희일비하지 않고 평정심을 유지하는 상태를 행복으로 생각하는 사람도 있다. 어쨌든 행복은 주관적인 만족감이고, 그 기준은 저마다 다르다.

스미레 아버지는 '행복하니까 웃는 게 아니라, 웃으니 행복이 찾아온다'라고 했다. 웃음으로 과연 행복을 만들어낼 수 있는지, 올겨울에 실험으로 한번 증명해볼까?

돌아올 해에는 우리 모두 더 많이 웃고, 그래서 더 많이 행복해졌으면 좋겠다.

12월의 비 내리는 새벽

이수미

스마일, 스미레!

1판 1쇄 인쇄 2014년 12월 26일
1판 1쇄 발행 2014년 12월 31일

지은이 모리사와 아키오
옮긴이 이수미
펴낸이 김성구

책임편집 박유진
단행본부 박혜란 이미현 김민기 김동규
디자인 여종욱 문인순
저작권 양숙현
제 작 신태섭
책임마케팅 송영호
마케팅 최윤호 손기주 차안나
관 리 김현영

펴낸곳 (주)샘터사
등 록 2001년 10월 15일 제1-2923호
주 소 서울시 종로구 대학로 116 (110-809)
전 화 02-763-8965(단행본부) 02-763-8966(영업마케팅부)
팩 스 02-3672-1873 **이메일** book@isamtoh.com **홈페이지** www.isamtoh.com

ISBN 978-89-464-1890-5 03830

이 도서의 국립중앙도서관 출판시도서목록(CIP)은 e-CIP 홈페이지
(http://www.nl.go.kr/cip.php)에서 이용하실 수 있습니다. (CIP제어번호: CIP2014037488)

값은 뒤표지에 있습니다.
잘못 만들어진 책은 구입처에서 교환해 드립니다.

‘제2의 아사다 지로’ 모리사와 아키오

가장 흔한 곳에서 가장 소중한 것을 길어 올리는
따스하고 유쾌한 시선!

1969년 일본 지바 현에서 태어나 와세다대학 인간과학부를 졸업한 작가 모리사와 아키오는 소설·에세이·논픽션·그림책 등 다양한 분야에서 필력을 발휘해왔다. 과거와 현재, 카페 여주인에서 웨이트리스, 방황하는 이 시대의 청춘까지 다양한 주인공을 넘나드는 모리사와 아키오 작품을 관통하는 공통점은, 작지만 소중한 것들과 하루하루의 일상에 대한 따스한 시선이다.

별다를 것 없는 에피소드, 주변에서 흔히 볼 수 있는 인물들, 누구나 한 번쯤은 느끼고 겪어봤을 상처와 기쁨들. 그러나 이러한 평범한 사람과 사건들이 모리사와 아키오의 재치 있고 간결한 문장을 거쳐 아주 특별하고 소중한 순간으로 탈바꿈한다. 커다란 각오나 부담감 없이 모리사와 아키오의 책을 펼친 독자들은, 가끔은 키득키득 웃다가, 이내 흐뭇하게 미소 짓다가, 어느새 눈가를 촉촉이 적시는 감동에 젖어들게 될 것이다.

언제나 소설에 등장하는 배경과 유사한 인물들을 찾아 실제 장소를 찾아가 영감을 얻고 집필에 활용한다는 작가 모리사와 아키오는 《라스트 사무라이 외눈의 챔피언 다케다 고조》로 제17회 미즈노 스포츠라이터 우수상을 받았다.

작품 중 《쓰가루 백년 식당》과 《당신에게》, 《무지개 곶의 찻집》은 일본에서 영화로도 큰 사랑을 받았다. 《당신에게》는 〈철도원〉의 주연으로 익숙한 다카쿠라 켄을 비롯, 다나카 유코, 쿠사나기 츠요시(초난강), 기타노 다케시 등 호화 캐스팅으로 주목받았다. 제36회 몬트리올 국제영화제 특별상, 제36회 일본 아카데미 남녀 조연상을 수상한 이 영화는 2014년 유명을 달리한 일본의 국민 배우 다카쿠라 켄의 유작이 되었다.《무지개 곶의 찻집》도 나루시마 이즈루가 감독, 요시나가 사유리, 다케우치 유코, 아베 히로시 등의 배우들이 출연해 영화로 제작되어 2014년 개봉했다. 〈이상한 곶 이야기〉라는 제목의 이 영화는 제38회 몬트리올 국제영화제에서 심사위원 특별상을 수상한 바 있다.

《스마일, 스미레!》는 눈에 보일 듯 생생하게 그려지는 인물들, 친숙한 대화와 상황 설정, 인디밴드와 음악에 대한 청춘의 열정이 잘 드러나는 소설이다. 일도, 음악도, 사랑도 마지막까지 포기하지 않고 웃으며 달리는 사람만이 잡을 수 있다는 진실. 익숙하지만 결코 쉽지 않은 행복과 일상의 법칙을 다시 한 번 유쾌하게 전한다.

이렇듯 반복되는 일상과 익숙한 사람들을 더 특별하고 소중하게 만드는 작가 모리사와 아키오의 마법은《미코의 보물상자》《히카루의 달걀》《푸른 하늘 맥주》《저녁 노을 맥주》《여섯 잔의 칵테일》《나쓰미의 반딧불이》《바다를 품은 유리구슬》《아오모리 드롭 킥커즈》 등의 출간작 모두에서 변함없이 빛나고 있다.